작가의
시작

작가의 시작

유도라 웰티 지음
신지현 옮김

xbooks

나의 부모님을 기억하며
크리스천 웨브 웰티 (1879~1931)
체스티나 앤드루스 웰티 (1883~1966)

감사의 말

이 책은 1983년 4월 하버드 대학에서 개최된 윌리엄 E. 메시 William E. Massey 렉처 프로그램의 첫 강의를 맡았던 나의 세 개의 강의 내용을 편집한 것이다. 이 자리를 빌려 내게 강의 기회를 준 하버드 대학과 미국 문명사 대학원 관계자 여러분에게 심심한 감사를 표한다. 특히 렉처 프로그램의 담당자로서 내게 많은 것을 알려 주고 크나큰 이해심을 보여 준 데이비드 허버트 도널드 씨에게 감사의 말을 전한다. 또한 하버드 출판부의 총괄 편집자로서 이 책이 만들어지기까지 많은 호의와 인내심을 보여 준 아이다 D. 도널드 씨에게도 고마움을 표한다. 마지막으로, 내게 강의의 방향과 내용에 대해 조언을 주고 강의 내용을 책으로 옮길 수 있게 독려해 준 다니엘 아론 씨에게 큰 감사를 전하고 싶다.

1983년, 미시시피주 잭슨에서

목차

어렸을 때 나는 아침마다 신발에 달린 단추를 채우는 데 오랜 시간이 걸렸다. 복도에서 천천히 단추를 채우고 있으면, 아버지가 위층 화장실에서 면도하는 소리와 어머니가 아래층에서 베이컨을 굽는 소리가 들렸다. 아버지와 어머니는 계단을 사이에 두고 흥얼거리는 노랫소리를 주고받았다. 아버지가 휘파람을 불면 어머니가 휘파람으로 대답했고, 아버지가 그다음 소절을 흥얼거렸다. 그것은 어머니와 아버지의 듀엣이었다. 나는 단추걸이로 단추를 채우며 부모님의 노래에 귀를 기울였다.

그 노래는 오페라 「유쾌한 과부」에 나오는 노래였다. 한 가지 차이가 있다면, 어머니와 아버지의 노랫소리에는 웃음이 가득했던 반면 축음기에서 흘러나오는 노랫소리에는 축음기 회전이 만들어 내는 낮은 으르렁거림이 있었다는 점이었다. 내가 단추를 모두 채운 신발을 부모님에게 자랑하러 달려갈 때까지도 부모님의 노랫소리는 계단을 타고 올라갔다 내려갔다 하며 두 사람 사이를 끊임없이 오갔다.

One Writer's Beginnings

일러두기

1 이 책은 Eudora Welty, *One Writer's Beginnings*, Harvard University Press, 1995를 완역한 것입니다.
2 외래어 표기는 원칙적으로 국립국어원의 〈외래어 표기법〉을 따랐습니다.
3 본문의 모든 주는 옮긴이의 것입니다.
4 본문에서 언급된 책들의 서지정보는 〈참고문헌〉에 있습니다.

1부

귀 기울여 듣기

LISTENING

나와 남동생들이 어린 시절을 보냈던 미시시피 잭슨 노스 콩
그레스가의 우리 집에는 언제나 시계 종소리가 울려 퍼지곤
했다. (나는 1909년 그곳에서 3남매 가운데 장녀로 태어났다.) 복
도에는 떡갈나무로 만든 중후한 느낌의 대형 괘종시계가 서
있었고, 이 시계에서 나오는 징소리 같은 종소리는 거실, 식
탁, 주방, 식료품 저장실은 물론 계단을 타고 위층까지 울려
퍼졌다. 이 괘종시계의 종소리는 밤에도 잘 들렸다. 종소리
가 집안은 물론 집 바깥으로까지 새어 나왔기 때문에 우리
는 위층 발코니에 있는 야외 침실에서 잠을 자다 한밤중에
종소리를 듣고 깬 적도 있었다. 대형 괘종시계는 부모님 침
실에 있는 소형 괘종시계와 서로 종소리를 주고받았다. 주방

에는 아무런 소리 없이 시간만 보여 주는 시계가, 식탁 위에는 긴 사슬에 시계추들이 매달려 있는 뻐꾸기시계가 있었다. 한번은 남동생이 의자를 딛고 찬장 꼭대기에 올라서 시계에 있는 고양이를 멈추게 한 적도 있었다. 이 시계들이 아버지의 선조들로부터 물려받은 물건인지는 확실히 잘 모르겠으나(1700년대까지 대대로 스위스에 살던 아버지의 조상들은 세 명의 웰티 형제들을 시작으로 미국에 뿌리를 내렸으며, 아버지의 직계가족은 오하이오주 출신이다), 어쨌든 이 시계들 덕분에 우리는 평생 시간 개념에 철저할 수 있었다. 이는 적어도 훗날 소설가가 된 내게는 상당한 이점이었다. 연대기적 시간에 대해 아주 철저하게, 무엇보다 가장 직접적으로 배울 수 있었으니 말이다. 이 같은 시간 개념은 내가 부지불식간에 터득하여 훗날 필요한 순간에 유용하게 써먹을 수 있었던 유익한 배움 가운데 하나였다.

아버지는 실용적이고 신기한 도구라면 무엇이든 다 좋아했다. 아버지는 서재에 있는 커다란 책상 서랍에 온갖 도구들을 보관했다. 책상 위에는 접이식 지도와 황동 재질의 익스텐더가 끼워진 망원경이 놓여 있었다. 우리는 저녁 식사 후 그 망원경을 들고 앞마당에 나가 달과 북두칠성을 관찰하거나 일식현상을 지켜보곤 했다. 크리스마스, 생일, 여행 기념사진을 찍는 접이식 필름카메라도 아버지 책상 위에 한 자리를 차지했다. 책상 서랍 안에는 돋보기, 만화경, 검은 상자에 들어 있는 자이로스코프가 있었다. (아버지는 자이로스코프의 줄을 팽팽하게 잡아당겨 우리에게 자이로스코프가 춤추는 모습을 보여 주곤 했다.) 또 서랍 안에는 금속으로 된 링, 고리, 열쇠들이 얽히고설킨 퍼즐도 있었는데, 우리는 아버지가 아무리 차근차근 퍼즐을 분리하는 법을 알려 줘도 한 번도 그 퍼즐을 풀지 못했다. 아버지는 마치 호기심 많은 어린이처럼 이런 기발한 도구들을 좋아했다.

언젠가는 식탁 옆 벽면에 새 기압계가 등장한 적이 있었다. 하지만 우리는 기압계가 그다지 필요치 않았다. 시골에서 자라면서 하늘 읽는 법을 익힌 아버지가 걸어 다니는 기압계나 마찬가지였기 때문이다. 아버지는 아침이 되면 현관문 앞 계단 위에 서서 하늘을 올려다보며 공기를 크게 들이마시는 것으로 하루 일과를 시작했다. 아버지는 퍽 정확한 날씨 예언자였다.

"나는 날씨 예언 같은 건 못해." 어머니의 이 말에는 상당한 자기만족이 배어 있었다.

아버지는 우리가 낯선 지역에서 길을 잃으면 어떻게 해야 하는지 가르쳐 주었다. "지평선에 닿은 하늘 가운데 어디가 가장 밝은지 찾아보렴." 아버지는 이렇게 말했다. "그곳에 가장 가까운 강이 흐르고 있을 거야. 강을 향해 걷다 보면 민가를 발견할 수 있단다." 아버지는 만일의 사태에 대비하는 것을 중시했다. 아버지는 우리에게 위험한 상황, 가령 벼락을 피하는 법 같은 안전 수칙을 가르쳐 주었다. 우리 동네에는 뇌우가 종종 발생하곤 했는데, 아버지는 엄청난 뇌우가 찾아오면 우리가 창문 가까이에 가지 않도록 주의시켰다. 어머니는 그 모습을 볼 때마다 아버지가 약한 모습을 보인다며 비웃곤 했다. "난 폭풍우가 참 좋은데요! 웨스트버지니아에서 살 때 나는 이런 폭풍우에 눈 하나 깜짝하지 않았어요. 저 소리 좀 들어 봐요! 천둥, 번개, 이런 건 전혀 무섭지 않았어요. 나는 엄청난 폭풍우가 내리칠 때도 산에 올라가 두 팔을 벌린 채 뛰어다니고 그랬다니까요!"

덕분에 나는 풍부한 기상학적 감성을 계발할 수 있었고, 훗날 소설을 집필할 때도 날씨는 늘 큰 영향력을 행사했다. 소란스러운 날씨와 날씨로 인한 감정의 동요는 내 소설 속에서 극적인 연관성을 갖곤 했다. (단편소설 「바람」을 쓸 때 처음에는 이야기에 토네이도를 등장시킨 바 있다.)

　나와 남동생들은 아주 어렸을 때부터 매년 크리스마스마다 산타클로스로부터 블록 성 쌓기, 팅커토이, 포크레인 장난감 같은 조립식 장난감을 각각 선물받곤 했다. 또 아버지는 우리에게 정교한 연을 만들어 주곤 했는데, 그 연을 날리려면 아버지가 뛰어갈 수 있을 만큼 넓고, 어머니가 얼레에서 연실을 길게 풀어낼 수 있을 만큼 마을 밖에서 한참 떨어진 한적한 목초지로 나가야 했다. (아버지는 말이나 소는 안전하다고 생각했다.) 어머니가 우리에게 얼레를 건네주면, 손안의 얼레는 마치 살아 있는 생명체처럼 우리 손을 휙 잡아당겼다. 아버지가 만들어 준 아름답고, 튼튼하고, 맵시 있는 입체연은 사무용 접착제 냄새를 희미하게 풍겼다. 이후 남동생들이 적당한 연령이 되자 산타클로스는 전기 장난감 기차를 선물로 주었다. 여러 대의 차량이 연결된 기차에는 엔진과 완두콩만 한 크기의 헤드라이트가 갖춰져 있고, 선로에는 스위치와 가로대식 신호기가 달려 있었으며, 기차역, 다리, 터널도 있었다. 장난감 기차 때문에 위층 복도에는 사람이 지나다닐 틈이 없었다. 신난 어린이들의 함성소리와 8자 모양의 선로를 따라 철컥대며 지나가는 장난감 기차의 근사한 소리는 천장을 타고 내려와 아래층에서도 들릴 정도였다.

장난감 기차를 포함한 이 모든 것들은 우리의 미래와 앞날에 대한 아버지의 굳건한 믿음이었다. 아버지는 이런 선물을 통해 우리가 미래를 준비할 수 있도록 해주었다.

그리고 어머니 역시 어머니 나름의 방식으로 우리의 미래를 준비해 주었다.

나는 두세 살 무렵부터 우리 집에 있는 모든 방은 하루 중 어느 때나 책을 읽을 수 있고, 어머니가 읽어 주는 책을 들을 수 있는 공간이라는 사실을 깨달았다. 오전이면 큰 침실에서 어머니와 함께 흔들의자에 앉아 어머니가 들려주는 이야기를 들었는데, 흔들의자가 움직일 때마다 똑딱거리는 규칙적인 소리 때문에 마치 귀뚜라미 한 마리가 옆에 와 있는 듯했다. 겨울 오후에는 식탁 옆 석탄 난로 앞에서 어머니가 책을 읽어 주었고, 그곳에 있는 뻐꾸기시계가 "뻐꾹" 하면 어머니의 이야기도 끝이 났다. 밤에는 어머니가 내 방 침대에서 책을 읽어 주었다. 나는 어머니를 한시도 가만히 두지 않았던 것 같다. 가끔은 어머니가 부엌에 앉아 반죽을 휘저으면서 책을 읽어 준 적도 있는데, 나는 반죽을 휘젓는 소리가 어떤 이야기에도 다 잘 어울리는 배경음이라고 생각했다. 나는 내가 반죽을 젓고, 어머니는 내게 책만 읽어 줬으면 좋겠다고 생각했다. 한번은 어머니가 이런 나의 바람을 들어주었는데, 내가 버터를 가져오기도 전에 어머니의 이야기가 다 끝나 버리고 말았다. 어머니는 감정 표현이 풍부했다. 가령, 어머니가 읽어 주는 「장화 신은 고양이」를 들으면 어머니가 모든 고양이를 못 미더워 한다는 사실을 알 수 있었다.

땅에서 잔디가 저절로 자라나듯 책도 자연에서 저절로 생겨나는 것이라고 생각했던 내게 책은 **사람**이 만들어 낸 것이라는 사실은 놀랍기도 하고 실망스럽기도 했다. 하지만 그것이 사람이 만든 것이든 자연이 만들어 낸 것이든 나는 단 한 번도 책을 사랑하지 않은 적이 없었다. 책 자체는 물론이거니와 책의 표지와 바인딩, 글자가 인쇄된 종이, 책 특유의 냄새와 무게, 양팔로 꼭 끌어안은 책이 나만의 소유물이라는 느낌이 언제나 좋았다. 그 당시 나는 글을 읽을 줄 몰랐음에도 불구하고 앞으로 책을 읽을 준비가, 독서에 전념할 마음의 준비가 되어 있었다.

나의 부모님은 내게 많은 책을 사줄 수 있을 정도로 유복한 집안 출신은 아니었다. 아버지가 당시 한 신생 보험사의 막내 직원이었음을 고려하면 책 구입은 아버지의 월급에 상당한 부담이 되었을 터였다. 그럼에도 불구하고 부모님은 우리가 읽어야 할 책이 있으면 언제나 신중하게 골라 주었다. 부모님에게 우리의 장래는 일순위였던 것이다.

거실에는 우리가 늘 "도서관"이라고 불렀던 책장이 하나 있었고, 식탁이 있던 창문 아래쪽에는 백과사전과 사전이 꽂혀 있는 작은 탁자들이 있었다. 탁자들 위에 놓인 『웹스터 영어사전』, 『콜롬비아 백과사전』, 『컴튼 그림 백과사전』, 『링컨 만물사전』, 이들보다 나중에 구입한 『지식사전』 덕분에 우리는 식탁에 둘러앉아 토론하는 습관을 기를 수 있었다. 이후 새집으로 이사한 우리 가족은 그해 이사를 기념하기 위해 1925년도판 브리태니커 전집을 구입해 다른 방에 들여놓았다. 언제나 의식적으로 미래 지향적이었던 아버지의 눈에 신판이 구판보다 좋아 보였음은 두말할 필요도 없었다.

"도서관"은 다이아몬드 격자무늬의 유리문 세 개가 달린 중후한 느낌의 책장으로 책장 옆에는 아버지의 모리스식 안락의자와 유리로 된 독서램프가 놓인 탁자가 있었다. 나는 꽤 일찍부터 "도서관"에 꽂힌 책들을 꺼내 읽기 시작했다—선반 위쪽에 꽂힌 책부터 아래쪽에 꽂힌 책까지, 그곳에 꽂혀 있는 책은 물론 새로 구입하는 책까지 가리지 않고 읽었다. 나는 그 책장에 있던 스토다드 강연록 세트에서 19세기 후반 사람들이 썼던 어휘, 당시 농민들의 삶과 고풍스러운 풍습을 그린 삽화, 베수비오 화산 폭발, 달빛 아래 베네치아 풍경, 모닥불 주변에 모인 집시들의 모습을 담은 일러스트를 보았던 기억이 있다. 그때까지만 해도 나는 이 책들이 세상 곳곳을 여행하고픈 아버지의 바람이라는 것을 몰랐다. 『빅트롤라의 오페라 사전』에서는 또 다른 세상에 대한 아버지의 동경을 엿볼 수 있었다. 그 책에는 각종 오페라의 줄거리와 무대 의상을 입은 멜바, 카루소, 갈리쿠르치, 제럴딘 패러 등 레코드 음반을 통해 목소리를 접했던 오페라 가수들의 초상화가 실려 있었다.

어머니에게 독서는 정보 획득이 주요 목적이 아니었다. 어머니는 소설을 즐겨 읽었다. 어머니는 특히 찰스 디킨스 소설의 열렬한 애독자였다. 찰스 디킨스, 월터 스콧, 로버트 루이스 스티븐슨의 소설은 물론, 소녀시절 『제인 에어』, 『트릴비』, 『흰 옷을 입은 여인』, 『녹색의 장원』, 『솔로몬 왕의 보물』 등을 읽고 강렬한 감동을 받았다고 했다. 어머니는 한때 마리 코렐리의 소설도 좋아했으나, 곧 흥미를 잃은 탓에 책장에는 예의상 『아르다스』 한 권만이 남아 있었다. 어머니는 이후 골즈워디와 이디스 워튼의 소설, 특히 토마스 만의 장편 소설 『요셉과 그 형제들』을 몰입해 읽었다.

다른 집 책장에서 종종 보였던 『세인트 엘모』는 우리 집에 없었다. 당시 이 소설이 큰 인기를 얻으면서 에드나 얼스라는 이름이 곳곳에서 유행하곤 했었다. 에드나 얼스는 소설의 여주인공 이름으로, 소설의 줄거리는 에드나가 방탕하고 타락한 난봉꾼에 무신론자인 남주인공 세인트 엘모를 교화한다는 내용이었다. 어머니는 비록 그 소설을 직접 읽지는 않았지만, 장미덩굴에 물을 오래 줘야 될 것 같은 사람들이 보이면 "앉아서 『세인트 엘모』를 읽어 보세요"라고 이야기하곤 했다.

내가 어렸을 때부터 마크 트웨인을 좋아했던 것은 부모님의 영향이 컸다. 우리 집 책장에는 마크 트웨인 전집과 링 라드너의 간추린 전집이 있었다. 이 책은 훗날 부모님과 우리가 끈끈한 동질감을 형성할 수 있었던 매개체였다.

책장에 있는 책을 전부 꺼내 읽다 보니 나는 자연스레 아버지가 소년시절에 읽었던 오래된 책 한 권을 발견하게 되었다. 그것은 『샌포드와 머튼 이야기』라는 제목의 책으로, 책등조차 없는 아주 낡은 책이었다. 나 말고 지금도 이 책을 기억하는 사람이 있을지 궁금하다. 원래 이 책은 1780년대에 토마스 데이Thomas Day라는 작가가 쓴 교훈적인 어린이 이야기였는데, 우리 집에 있던 책 표지에는 토마스 데이라는 이름을 전혀 찾아볼 수 없었다. 왜냐하면 사실 이 책의 제목은 메리 고돌핀의 『쉽게 풀어 쓴 샌포드와 머튼 이야기』였기 때문이다. 이야기의 등장인물은 부자 소년, 가난한 소년과 두 소년의 선생님인 발로우 씨로, 이야기는 소년들이 모험에 나섰다가 위험에 처하고 그 위험에서 벗어나는 과정에서 선생님과 나누는 대화로 구성되어 있었다. 어린이를 위해 쉽게 풀어 쓴 책이라고는 하나, 책에는 "가라사대" 같은 단어도 등장했다. 이야기는 한 소년의 반지에 새겨진 "어떤 상황에서도 책임을 다해야 한다", "위대한 사람이 되고 싶다면 먼저 좋은 사람이 되는 법을 배워야 한다"는 두 가지 교훈을 말하며 마무리되었다.

이 책은 앞표지가 없었고, 여러 장 두껍게 덧댄 누렇게 빛바랜 풀 먹인 종잇조각이 실종된 책등을 대신하고 있었다. 책장은 손때가 묻어 있고, 얼룩져 있고, 가장자리가 너덜너덜했다. 화려한 그림이 담긴 삽화 페이지는 떨어져 나가 있었지만 삽화 상태는 양호했다. 비록 멋모르던 어린 시절이었지만, 나는 이 책이 아버지가 어렸을 때 소유했던 유일한 책이라는 것을 직감적으로 느꼈다. 아버지는 늘 이 책을 꼭 끌어안고, 표지가 떨어져 나간 앞면을 베고 잠들었는지도 모른다. (아버지는 7살 때 어머니를 여의었다.) 우리는 아버지로부터 한 번도 이 책에 대해 들은 적은 없었지만, 아버지는 오하이오주에서 이곳으로 이사 올 때 이삿짐 안에 챙겨와 책장에 꽂아 둔 것이 분명했다.

어머니는 웨스트버지니아에서 이사할 때 찰스 디킨스 전집을 가져왔다. 이 책의 상태도 썩 좋지는 않았다. 어머니 말에 따르면 그 책들은 내가 태어나기 전 화재와 홍수를 견딘 책들로, 풍파를 딛고 살아남아 책장 안에 일렬로 늘어서서 나를 기다리고 있었다.

나는 꽤 어렸을 때부터 생일과 크리스마스 아침마다 책을 선물로 받았던 기억이 있다. 물론 우리 부모님은 책을 많이 사줄 수 있는 형편은 아니었다. 내가 혼자 책을 읽을 수 있게 된 여섯 또는 일곱 번째 생일날 나는 『놀라운 세상 이야기』라는 열 권짜리 책을 선물받았는데, 부모님이 책값 때문에 허리띠를 졸라맸을지도 모른다는 생각이 들었다. 책은 무겁긴 했지만 아름다웠고, 나는 난로 앞 바닥에 엎드려 이 책을 읽곤 했다. 그중에 내가 가장 좋아했던 것은 5권 『어린이를 위한 이야기』로, 그 안에는 그림 동화, 안데르센 동화, 영국 동화, 프랑스 동화, 「알리바바와 40인의 도둑」 등이 수록되어 있었다. 또 이솝 우화, 여우 레이나드 이야기, 각종 신화와 전설, 로빈 후드의 모험, 아서왕 이야기, 성 게오르그와 용 이야기, 심지어 잔 다르크의 역사, 소설 『천로역정』, 『걸리버 여행기』의 일부분도 실려 있었다. 각각의 이야기에는 고전적인 삽화가 곁들여져 있었다. 나는 내가 좋아하는 이야기, 좋아하는 그림이 책의 어느 페이지에 있는지 눈 감고도 짚어낼 수 있을 정도였다. 내가 가장 좋아하는 부분은 프랑스 동화 「노란 난쟁이」와 무시무시하게 생긴 노란 난쟁이가 양옆에 칠면조를 거느리고 등장하는 월터 크레인의 풀컬러 삽화였다. 지금 이 5권은 책등이 다 떨어지고 책장이 너덜너덜해 아버지의 『샌포드와 머튼 이야기』만큼이나 보기 안쓰러운 수준이다. 특히 에드워드 리어의 「점블리 사람들」이 있는 페이지는 거의 떨어질락 말락 한 상태가 되었다. 나는 과거에 어머니가 그랬던 것처럼 내가 불이나 물바다를 헤치고 이 책을 구해낼 수 있을까 상상하며 내가 이 책을 정말 좋아하는지 미루어 짐작하곤 했다. 나는 어머니가 나 대신 책을 구해 줄

거라고 생각하면 그제야 안심이 되었다.

내가 알기로 어렸을 때 이 책을 갖고 있었던 사람은 나 말고 아무도 없었다. 나는 사람들에게 "『놀라운 세상 이야기』라고 아세요?"라고 묻곤 했다. 그들이 모른다고 하면, 나는 『놀라운 세상 이야기』가 『지식사전』과는 비교가 안 될 정도로 훌륭한 책이었다고 덧붙였다.

나는 알파벳을 가르쳐 줌으로써 내가 언어의 세계, 읽기와 맞춤법의 세계에 눈뜰 수 있게 해준—그리고 내가 알파벳을 가르쳐 달라고 조르자마자 지체 없이 가르쳐 준—부모님에게 늘 감사하는 마음을 갖고 있다. 부모님은 내가 학교에 입학하기 전 집에서 직접 말과 글을 가르쳐 주었다. 오늘날 사람들은 더 이상 알파벳을 삶을 영위하는 데 필요한 도구라고 생각하지 않지만, 내가 어렸을 때만 해도 알파벳은 지식을 얻을 수 있는 핵심 수단이었다. 우리는 10까지 숫자 세는 법을 배우고 취침기도, 주기도문, 길을 잃었을 때를 대비해 부모님의 이름과 집 주소, 집 전화번호를 외웠던 것처럼 알파벳을 공부했다.

나는 알파벳을 낭송하며 알파벳에 대한 사랑을 키워 갔지만, 사실 내가 알파벳과 사랑에 빠진 것은 알파벳이 책에 인쇄된 모습을 처음 봤을 때부터인 것 같다. 그때는 아직 혼자 책을 읽기 전이었지만, 나는 월터 크레인의 삽화 속에 등장하는 꼬불꼬불하고 요술에 걸린 것처럼 신기해 보이는 알파벳 머리글자를 보고 그것에 매력을 느꼈다. 가령 "Once upon a time(옛날 옛날 아주 먼 옛날에)"의 첫 글자 "O"는 토끼가 달리는 둥근 쳇바퀴로 그 토끼의 발밑에는 꽃이 피어 있었다. 그로부터 한참 뒤 나는 『켈스의 서』[1]를 보며 알파벳 글자와 단어가 주는 마법 같은 힘에 전에 없이 압도되었고, 휘황찬란한 금빛으로 빛나는 글자의 아름다움과 성스러움이 태곳적부터 존재해 온 것임을 깨달았다.

우리가 무언가를 배웠던 기억은 우리에게 파편적으로 남아 있다. 유년시절의 학습에 대한 기억은 파편적이다. 이런 기억은 일관되지 않고 어떤 특정 순간들만이 드문드문 남아 있다.

하루는 유치원 미술시간에 친구들과 함께 둥글게 배열된

---

1 *The Book of Kells*, 9세기에 만들어진 라틴어 복음서로 풍부하고 예술성 높은 장식으로 유명한 아일랜드의 국보.

의자에 앉아 정원에서 방금 막 꺾어 온 수선화 세 송이를 그렸던 기억이 난다. 그림을 열심히 그리던 중, 나는 뾰족하게 깎은 노란색 색연필과 노란 수선화의 꽃받침에서 똑같은 향기를 맡았다. 그날 나는 꽃을 그리는 법뿐만 아니라 꽃그림을 그리는 색연필이 꽃과 똑같은 향기를 내뿜는다는 것을 배웠다. (사실 그러지 말란 법도 없지 않은가?) 어린이들은 마치 동물처럼 모든 오감을 사용해 세상을 발견한다. 어린이들이 커서 예술가가 되면, 그들은 또 한 번 똑같은 방식으로 세상을 발견한다. 예술가들이 발견하는 것은 어린이들이 보았던 것과 똑같은 세상이다. 물론 유년기의 감각을 잃지 않고 그대로 유지하는 예술가도 간혹 있긴 하다.

단어에 대한 물리적인 인식은 나의 유년시절 감각 체험의 일부분이었다. 단어에 대한 물리적인 인식이란 특정 단어에 대한, 그리고 그 단어와 단어의 의미의 관계에 대한 물리적인 인식이었다. 여섯 살 무렵 어느 늦여름 저녁, 나는 식사 시간을 기다리며 앞마당에 혼자 서 있었다. 해는 이미 수평선 아래 모습을 감추었고, 아직 밝은 하늘 위로 떠오른 둥근 달은 더 이상 희끄무레한 색이 아니라 빛을 받아 환하게 빛나고 있었다. 그러던 어느 순간, 나는 달이 납작한 동그라미가 아니라 입체적인 둥근 구라는 사실을 두 눈으로 처음 확인했다. 마치 누군가 은 숟가락으로 내게 단어를 떠먹여 주기라도 한 것처럼, 내 입에서 "달"이라는 말이 나왔다. 내 입 속에 있었던 "달"은 그제야 하나의 단어가 되었다. 그 "달"은 오하이오에 갔을 때 할아버지가 포도덩굴에서 직접 따주었던 포도알, 껍질에서 알맹이만 쏙 빨아 삼키던 그 굵은 포도알을 닮은 둥근 모습이었다.

하지만 "달"이라는 단어를 좋아했음에도 불구하고 나는 달에 대해 줄곧 엉뚱한 생각을 갖고 있었다. 나는 서쪽 하늘에 초승달이 보이면 그 초승달이 지금 떠오르는 중이라고 생각했다. 아주 어렸을 때, 해와 달이 각각 정반대의 세상을 지배하는 힘이라고 생각했던 나는 해는 동쪽 하늘에서 뜨고, 달은 반대편인 서쪽 하늘에서 뜨는 거라고 믿었다. 그래서 해는 동쪽에서 서쪽으로, 달은 서쪽에서 동쪽으로 사이좋게 마주 보고 움직이다가, 어느 지점에서 (내가 보고 있지 않을 때) 만난 다음 각각 반대편으로 진다고 상상했다. 아버지가 나를 앞마당으로 데리고 나가 어느 쪽 하늘을 바라봐야 하는지 알려 주고, 내 뒤에서 조심스럽게 망원경 초점을 조절해 달을 가까이 보여 주었을 때, 아버지는 내가 속으로 이런 상상을 품고 있었으리라고는 꿈에도 몰랐을 것이다.

내가 어렸을 때 잭슨에서 바라봤던 밤하늘은 마치 벨벳처럼 짙은 검은색이었다. 나는 하늘을 가득 메운 별자리의 이름을 알았고, 책을 읽게 된 뒤부터는 별자리에 얽힌 신화들도 알았다. 나는 월식이 일어나면 자다가도 일어나서 달을 관찰했다. 내가 아직 젖먹이였을 때는 부모님이 잠든 나를 창가로 데려가 핼리 혜성이 하늘을 가르는 모습을 보여 주었다. 이후 좀 더 커서는 태양계에 대해, 지구의 공전과 달의 공전에 대해 배웠지만, 달이 동쪽에서 뜬다는 사실은 훗날 작품을 발표한 뒤 문학평론가인 허셜 브리켈이 내가 소설에서 반대로 쓴 것 같다고 귀띔해 줄 때까지 전혀 모르고 있었다. 그는 내게 이런 귀한 조언을 남겨 주었다. "달이 엉뚱한 방향에서 떠오르지 않았는지 항상 확인하세요."

어머니는 우리에게 늘 노래를 불러 주었다. 어머니의 목소리에는 살짝 단조스러운 분위기가 있어서 어머니가 「위 윌리 윙키」[2]를 자장가로 불러 줄 때면 아름답고도 구슬픈 느낌

---

2 "Wee Willie Winkie's", 스코틀랜드 동요.

이 들었다.

"이젠 레코드가 있잖아요. 유도라한테 레코드를 들려줘
요." 아버지는 이렇게 말하곤 했다. 어머니가 직접 불러 주는
노래 대신 들을 수 있는 「바비 섀프토」, 「록-어-바이 베이비」
의 축음기 레코드 얘기였다. 나는 그 뒤로 어머니가 불러 주
던 자장가를 하루 종일 들을 수 있었다.

우리 집 거실에는 빅트롤라[3] 축음기가 있었다. 부모님은
내가 의자를 밟고 올라서서 축음기 태엽을 감고, 회전판을
돌리고, 레코드 위에 축음기 바늘을 얹어도 좋다고 허락했
다. 축음기에서 음악이 나오면 나는 의자에서 뛰어 내려가
음악에 맞춰 식탁 주위를 빙글빙글 돌거나 씩씩하게 행진하
곤 했다. (나는 자장가 말고도 여러 레코드를 들을 수 있었다.) 음
악이 끝날 때가 되면 나는 의자로 다시 돌아가 바늘을 들어
올린 뒤, 회전판을 멈추고 레코드를 뒤집은 다음 바늘을 갈
아 끼웠다. 사용하고 난 뜨거워진 바늘을 담아 두는 놋쇠 상
자의 덮개 구멍에서는 사람 땀 냄새와 비슷한 금속 냄새가
풍겼다. 「연대의 딸」 서곡, 「점쟁이」 모음곡, 「키스 미 어게

---

3 Victrola, 빅터사에서 판매한 축음기 상표명.

인」, 「카르멘」 중 집시의 무곡, 「성조기여 영원하라」, 「앨라배마로 떠나는 자정의 기차」 등 무슨 레코드를 듣든 태엽을 감고, 춤을 추고, 레코드에 바늘을 얹고, 레코드를 멈추는 일은 모두 그 자체가 듣기의 행위였다. 듣기의 한가운데는 바로 움직임이 있었다.

어머니가 내게 책을 읽어 줄 때, 이후 내가 혼자서 책을 읽을 때 나는 늘 누군가의 목소리를 들었다. 책을 읽으며 눈으로 문장을 따라가다 보면 어떤 목소리가 내게 조용히 말을 걸곤 했다. 그 목소리는 어머니의 목소리나 내가 아는 사람의 목소리가 아니었고, 물론 내 목소리도 아니었다. 그것은 사람의 목소리였지만 내면의 목소리인지라 귀를 잘 기울여야만 들을 수 있었다. 나는 그것이 이야기의 목소리, 또는 시의 목소리라고 생각했다. 인쇄된 글자 안에 내포된 감정과 어조는 그것이 무엇을 이야기하는 것이든 독자가 들을 수 있는 목소리를 통해 내게 다가왔다. 나는 모든 독자들이 나처럼 목소리를 들으며 읽고, 모든 작가들이 나처럼 목소리를 들으며 글을 쓰지 않을까 생각한다. (이 생각이 맞는지 실제로 확인한 적은 없다.) 짐작건대, 이는 글쓰기에 대한 열망의 일부인지도 모른다. 나의 경우를 예로 들면, 내가 글을 쓰는 것은 이야기가 들려주는 목소리를 듣고 그것의 진실을 검증하기 위해서다. 내 방법이 신뢰할 만한 것인지 아닌지는 모르겠으나, 지금까지의 경험에 비춰 보건대 읽기 없는 글쓰기, 글쓰기 없는 읽기는 내게 그 무엇도 가능하지 않았다.

나는 소설을 쓸 때도 내가 쓴 단어들 속에서 내가 책을 읽을 때 듣는 바로 그 목소리를 듣곤 한다. 목소리가 내 귓가를 다시 찾아오면 나는 이야기를 수정한다. 나는 언제나 그 목소리를 신뢰하며 글을 썼다.

지금은 기억마저 가물가물한 그 시절 내가 잭슨에서 얼굴을 알고 지냈던 대부분의 아가씨들과 내 친구의 어머니들은 사교 활동에 바빴다. 오후가 되면 사람들은 주택가에 위치한 이집 저집을 방문하며 정기적으로 사교 활동을 했다. 모든 사람들은 (일부 어린이들마저도) 각자의 명함을 갖고 다녔다. 아기가 새로 태어나면 부모들은 자신의 명함과 분홍색 또는 파란색 리본이 달린 아기 이름이 새겨진 미니사이즈의 명함을 함께 나눠 주며 아기의 존재를 알렸다. 가장 일반적인 고등학교 졸업 선물은 단연 "명함 케이스"였다. 모든 집의 복도에 들어서면 탁자 위 은쟁반에 명함이 수북하게 쌓여 있는 모습을 볼 수 있었다. 그 은쟁반에는 앞으로 더 많은 명함이 쌓일 터였다. 사람들은 받은 명함을 절대 버리지 않았다.

어머니는 이렇게 무위도식하는 사교 활동을 체질상 안 맞아했다. 어머니는 명함을 나눠 주는 데 구애받지 않고 어머니 방식대로 사람들을 사귀었다. 어머니와 어머니 친구 분들의 관계는 서로 호의적이었지만, 어머니는 그들과 시시콜콜한 수다를 나누는 데 관심이 없었다. 덕분에 나는 놓치는 이야기들이 많았지만, 그때는 내가 무슨 이야기를 놓치는지도 잘 몰랐다.

마침내 첫 자동차를 구입하게 된 우리 가족은 일요일 오후가 되면 이웃에 사는 한 아주머니(어머니 친구 분)를 태우고 종종 드라이브를 하러 나갔다. 당시 동네 사람들은 차에 빈자리가 있는데 이웃을 부르지 않고 드라이브를 가는 것은 이웃에게 무례한 행동이라고 생각했다. 어머니와 아주머니는 뒷좌석에 앉고, 체구가 작은 아이였던 나는 그 가운데를 비집고 앉아 차가 출발하면 이렇게 말했다고 했다. "이야기 해 주세요."

아주머니의 이야기는 누가 이렇게 말했다더라 하는 대화식이었다. "내가 이렇게 말했죠…" "그 남자분이 이러더라고

요…" "그녀가 분명히 이렇게 말했다고 했어요…" "그 애길 들었을 때가 자정이었어요. 그게 **무슨** 애기였게요?"

내가 아주머니의 이야기를 좋아했던 것은 모든 이야기가 어떤 **장면**scene을 배경으로 진행되어서였다. 나는 아주머니가 이야기하는 문제의 핵심까지 이해하지는 못했지만, 그것이 드라마틱한 이야기라는 것은 짐작할 수 있었다. 아주머니는 종종 이렇게 말했다. "큰일이 난 거예요!"

아주머니는 어머니와 전화통화도 상당히 오래하곤 했다. 어머니가 "놀랍네요"라든가 "설마요", "그럴 리가요"라고 드문드문 대답하는 전화통화는 백이면 백 그 아주머니와의 대화였다. 어머니는 딱히 그 아주머니의 이야기를 듣고 싶은 눈치는 아니었지만 어쨌든 벽걸이 전화 옆에 서서 통화를 했고, 나는 어머니 가까이에 있는 계단에 앉아 통화가 끝나기를 기다렸다. 우리 집 전화기는 전화 연결 중에 손잡이에 달린 작은 막대를 계속 누르고 있어야 해서, 전화통화가 끝나면 내가 어머니의 손가락을 손잡이에서 잡고 떼어 내야 했다. 막대를 누르느라 어머니의 손이 거의 마비상태가 되기 때문이었다. "무슨 얘기 했어요?" 나는 이렇게 묻곤 했다.

"별 얘기 아니었단다." 어머니는 한숨을 쉬며 대답했다.

"그냥 나랑 얘기가 하고 싶었나 봐."

어머니 말이 맞았다. 그로부터 한참 뒤 나는 「내가 우체국에 사는 이유」라는 단편소설에서 화자가 그저 이야기하고 싶어서 이야기하는 독백을 여러 번 등장시켰다. 그 소설에서 진짜 중요한 내용은 독백 이외의 부분에 있다!

아주머니는 언제나 나긋나긋하고 부드러운 목소리로 단어 하나하나에 다정함을 실어 이야기했다. 실은 아주머니가 어머니보다는 나와 이야기를 나누는 것을 더 좋아할지도 모른다는 생각이 들곤 했었다. 아주머니는 내게 개미귀신을 잡으러 집에 놀러 오라고 했는데, 아닌 게 아니라 아주머니 집 뒷마당에 있는 나무 아래는 개미귀신 굴이 여러 개가 있었다. 아주머니는 개미귀신 굴을 빗자루로 내리친 다음 "개미귀신아, 개미귀신아, 너네 집에 불이 붙었어, 너네 애기들이 불에 타고 있어"라고 말하면 개미귀신들이 굴 밖으로 기어 나온다고 했다. 나는 이 이야기 때문에 우리 집 마당 대신 아주머니네 집 마당으로 가 개미귀신을 잡곤 했다.

어머니가 아주머니와 나눈 이야기를 내게 해주지 않은 이유는—나는 그 이유가 무엇인지 그 당시에도 짐작은 했었다—어머니가 그 이야기를 믿지 않기 때문이었다. 하지만 나는 아주머니의 끝도 없는 수다를 하루 종일 들을 수 있을 것 같았다. 아주머니는 개미귀신처럼 아주머니가 들은 이야기는 그것이 무엇이든 전부 다 믿었다. 나도 마찬가지였다.

당시에는 여성복과 아동복을 전부 집에서 직접 만들어 입었다. 어머니가 드레스와 남동생들의 아기 옷을 직접 재단하면, 바느질을 전문으로 하는 분이 집에 찾아와 우리 집 위층에 있는 재봉실에서 재단된 옷감을 재봉하고 가봉했다. 우리 집에는 패니라는 이름의 흑인 아주머니가 왔다. 아주머니는 바느질 실력과 속도가 상당했을 뿐만 아니라, 따끈따끈한 각종 소식을 무척 많이 알고 있었다. 아주머니는 평생 마을에 있는 이집 저집을 방문하며 그 집 가족들과 아주 가까이 지냈기 때문에 세상에 모르는 일이 없었다. 어머니는 내가 발걸음을 멈추고 아주머니의 이야기를 듣는 것을 보면 "패니, 딸애가 그런 얘기는 몰랐으면 해요"라고 말했다. 하지만 그것이 무슨 이야기든, 나는 "그런 얘기"를 듣고 싶었다. "딸애가 가십 같은 데 노출되는 게 싫거든요." 어머니는 가십이 무슨 홍역이라도 되는 것처럼, 내가 가십을 들으면 병에라도 걸릴 것처럼 말했다. 듣기는 들었지만 끝까지 다 못 들은 가십들도 있었다. "오늘 부인네 큰딸이 웨딩드레스를 입어 보고, 고급 속옷에 자수를 놓고 리본까지 다 달았대요. 아니 그런데 말이에요—" 어머니는 말을 끊고 이야기했다. "그 정도면 된 것 같아요, 패니." 아주머니 이야기의 결말을 절대 알 수 없다는 사실은 나를 감질나게 했다.

패니 아주머니는 세상 경험이 풍부한 사람이었다. 아주머니는 손으로 무엇을 하고 있든 잠시도 쉬지 않고 이야기할 수 있었다. 아주머니는 심지어 입술 사이에 여러 개의 핀을 물고도 훌륭하게 이야기할 수 있었다. 아주머니는 내 주위를 무릎으로 걸으면서 차분한 손길로 내 옷을 시침질해 주었다. 나는 아주머니 이야기의 요지를 이해하지 못할 때도 있었지만, 아주머니는 누가 자신의 이야기를 듣는지 별로 개의치 않았다. 아주머니는 그냥 이야기하는 것 자체를 좋아했다. 아주머니는 작가와 비슷했다. 아니, 아주머니가 했던 이야기를 상당 부분 고려하면 아주머니는 작가가 **맞았다**.

나는 작가가 되기 오래전부터 이야기에 귀를 기울였다. 이야기에 **귀를 기울이는 것**listening for은 이야기를 듣는 것listening to 보다 훨씬 더 적극적인 행위다. 추측건대 이는 이야기를 듣는 이가 이야기에 직접 참여하는 초기 형태다. 이야기를 듣는 아이들은 이야기가 이미 **존재한다**는 걸 안다. 어른들이 자리에 앉아 이야기를 시작하면, 아이들은 마치 쥐구멍에서 쥐가 나오기를 기다리듯 이야기가 나오기만을 기다린다.

우리 가족은 서로 거짓말을 안 하는 것을 당연하게 생각했지만, 나는 학창시절 학교에서 친구들을 사귀고 그 친구들의 집에서 열리는 파티에 놀러 가면서 다른 많은 집에서는 자녀들이 부모에게 거짓말을 하고 부모도 자녀에게 거짓말을 하는 일이 굉장히 빈번하게 이루어진다는 사실을 알았다. 나는 한참의 시간이 지나고 나서야 내가 어렸을 때 그렇게도 듣고 싶어 했던, 내가 그리도 갈망했던 어른들의 대화 속에 등장하는 **장면**의 기저에 이런 일상적인 거짓말과 그런 거짓말을 수반하는 각종 계략, 농담과 속임수가 있음을 깨달았다.

그런 **장면**에는 인간에 대해 터득해야 할 각종 암시, 신호, 징후, 조짐들이 가득했다. 이는 나의 본능—작가적인 본능—을 자극했고, 결국 나를 소설가의 길로 이끌었다. 나는 어른이 되어 말로 설명된 것은 물론 말로 설명되지 않은 것에도 귀 기울일 수 있는 법을 배워야 했다. 그리고 진실을 깨닫기 위해서는 거짓말을 알아챌 수 있어야 했다.

어머니가 내게 잘 자라고 이야기하기 위해 발코니 침실에 들어왔던 그날 밤, 어머니는 퍽 난감한 상황에 처하고 말았다. 더블베드를 차지한 남동생들은 이미 잠에 곯아떨어졌고, 침실 한쪽에 놓인 싱글베드를 쓰는 나는 어머니가 언젠가 꼭 이야기해 주겠다고 약속했던 그것을 오늘은 들을 수 있으리라는 기대감에 말똥말똥한 눈으로 누워 있었다. 어머니가 굿나잇 키스를 해주기 위해 내게 몸을 굽힌 순간, 나는 어머니를 붙잡고 물어보았다. "아기는 어디서 오는 거예요?"

어머니는 얼마나 난처했을까! 하지만 어머니에게는 매번 좋은 핑계가 있었다. 아기가 어디서 오냐고 어머니에게 물어볼 때마다 갑자기 쩌렁쩌렁한 노랫소리가 바깥에서 들려오곤 한 것이다. 노래의 주인공은 우리 옆집에 사는 홀트 아저씨로, 아저씨는 당시 고등학교에서 만년필 글쓰기, 타이핑, 부기, 속기를 가르치던 선생님이었다. 주방 창문에서 흘러나오는 한껏 들뜬 아저씨의 노랫소리는 아저씨 집과 우리 집 사이에 있는 차고 진입로 두 개를 건너 우리 집 위층까지 도달했다. 평소에는 매우 조용하고 온화한 그 집 아주머니도 피아노 반주를 할 때는 그렇게 힘찰 수가 없었다. 아저씨가 부르는 노래는 항상 "헤이-호! 축제를 보러 와요!" 아니면 "오호! 선착장으로 향하는 그대들이여, 들장미가 꽃봉오리를 맺고 하늘에 해가 지고 있도다!"였다.

"이런, 엄마 얘기는 나중에 해야 되겠구나, 그렇지?"

아닌 게 아니라 어머니는 이야기를 시작할 수조차 없었다. 어머니가 무언가를 속삭이자마자 아저씨가 후렴구 "트위크넘 타운으로 가는 뱃삯은 1페니랍니다!"를 냅다 부르기 시작했기 때문이었다. 그러면 어머니는 "나중에 이야기하면 어떻겠니?"라고 말했다. 어머니는 내게 부모가 아기를 원하면 아기가 생기는 거라고 말해 주었다. 하지만 나는 이것이 전부일 리가 없다고 생각했다. 어머니는 내게 한 번도 거짓말을 한 적이 없었기에 나는 어머니가 일부러 거짓말을 하는 것이 아님을 알았지만, 그럼에도 어머니가 진실을 이야기하지 않는다는 느낌을 받았다. 뿐만 아니라, 어머니의 그 이야기 다음에 듣게 될 이야기가 두렵기도 했다. 그 이유의 일부는 어머니가 어두운 곳에서 이야기를 하고 싶어 했기 때문이었다. 나는 어머니가 무언가를 두려워하는 것 같다고 짐작했다. 나는 어머니가 거짓말을 할 수 없듯 진실도 이야기 할 수 없는 게 아닐까 하는 어린아이다운 체념 상태에 빠졌다.

내가 먼저 묻지도 않았는데 어머니가 먼저 이야기해 주려고 했던 어느 날은 도리어 내가 나서서 "엄마, 저 반딧불이 좀 봐요!"라고 외치는 바람에 기회를 날려 버리고 말았다.

당시의 어두움은 정말 칠흑 같은 어두움이었다. 그 어두움의 곳곳에는 늘 은은한 반딧불 빛이 가까이에 있었다. 반딧불 빛은 소리 없는 고요한 어두움 속에서 느린 속도로 깜빡거렸다가, 가로로 움직였다가, 위로 향했다 다시 아래로 내려감을 반복했다. 반딧불은 우리 집에 있는 시카모어 나무를 바닥부터 꼭대기까지 날아다니며 서로 쉬지 않고 신호를 주고받았다. 어머니는 아무 일도 없었다는 듯 내게 키스를 하고 부모님 침실로 돌아갔다. 나는 반딧불 불빛에 홀려 그렇게 기회를 놓쳤다. 사실 어머니는 내게 아기에 대한 진실을 한 번도 말해 주지 않았다.

나는 다른 사람들도 아기가 어디에서 오는지 어머니를 통해 직접 듣지는 못했으리라 생각한다. 심지어 어머니 역시 외할머니로부터 그 이야기를 직접 듣지 못했을 거라 생각한다. 어머니 아래로 남동생이 다섯 명이나 있어서 어머니가 그 남동생들을 전부 다 돌봐야 했음에도 불구하고 말이다.

나는 어머니로부터 아기에 대한 비밀을 결국 듣지 못한 채, 얼마 후 또 다른 비밀의 문을 열었다.

어머니 침실에 있는 옷장 맨 아래 서랍에는 어머니의 각종 보물이 들어 있는 상자들이 있었다. 어머니는 내게 그중 한 마분지 상자 안에 들어 있는 물건을 갖고 놀아도 좋다고 허락했다. 그것은 어머니의 밤색 머리카락을 땋아 또아리처럼 둥글게 만든 헤어피스였다. 나는 헤어피스를 문고리에 걸어 놓고 땋아져 있는 머리카락을 풀었다. 머리카락은 구불구불하게 흘러내려 바닥 가까이에 닿았고, 나는 그 긴 머리카락을 빗어 내리며 마치 라푼젤이 된 듯한 기분을 만끽했다. 그러던 어느 날, 서랍 안에서 흰색의 작은 마분지 상자를 발견했다. (그 상자는 인쇄소에서 받은 어머니의 명함 상자와 비슷했다.) 상자는 굳게 닫혀 있었지만 나는 기어이 상자를 열었고, 그 안에서 흰 천에 감싸진 두 개의 버팔로 니켈[4]을 발견했다. 그 동전을 갖고 싶다는 묘한 기분에 사로잡힌 나는 상자를 어머니에게 들고 가 동전으로 물건을 사도 되냐고 물었다.

"안 돼!" 어머니는 전에 없이 단호하게 말했다. 그러고는 내 손에서 상자를 낚아챘다. 나는 왠지 모르게 눈물까지 흘리며 동전을 갖고 싶다고 졸랐다. 그러자 어머니는 자리에 앉아 나를 옆에 앉히더니 내게 사실은 오빠가 한 명 있었는

---

4 1913년부터 1938년까지 한시적으로 발행했던 5센트짜리 주화.

데 내가 태어나기도 전에 세상을 떠났다고 말해 주었다. 그리고 내가 갖고 싶어 하는 이 동전이 사실은 세상을 떠난 오빠의 눈꺼풀 위에 올려 두었던, 그러니까 오빠의 물건이라고 말해 주었다. (동전을 왜 올려 두었는지 그 이유는 듣지도 못했고, 상상하지도 못했다.) "아주 예쁘고 착한 아기였단다. 하지만 너무 일찍 하늘나라로 가버렸어. 왜냐하면 그때 엄마가 거의 죽을 뻔했었거든." 어머니는 이렇게 말했다. "엄마를 살리느라고 사람들이 아기는 충분히 신경 쓰지 못했던 거야."

어머니는 이렇게 내게 엉뚱한 비밀 —아기가 어디서 오는지가 아니라 아기가 어떻게 죽는지, 어떻게 잊힐 수 있는지에 대한 비밀—을 들려주었다.

나는 이후 오랫동안 궁금해했다. 어머니는 대체 어떻게 그 동전을 보관할 수 있었을까? 그 누구라도 어머니 같은 입장에 있었다면 그 동전을 어떻게든 버릴 수 있었을까? 어머니는 평생 죽음에 대한 병적인 생각으로 고통받았는데, 그러한 생각은 우리 가족을 슬쩍 스치고 지나거나 때로는 집요하게 붙들고 늘어져 어머니를 더욱 고통스럽게 만들곤 했다. 어머니의 끔찍했던 과거의 순간은 어디로도 사라지지 못했다.

소설가가 될 운명이었던 나는 그때 무의식적으로 무언가

를 깨닫고 마음 한구석에 남겨 두었던 것 같다. 그 무언가란, 어떤 비밀은 그 비밀보다 더 이야기하기 어려운 또 다른 비밀이 숨겨진 장소에서 드러나게 마련이며, 그렇게 드러난 비밀은 종종 원래의 비밀보다 더 깜짝 놀랄 만한 것이라는 사실이었다.

추측건대 어머니가 내게 죽은 아기에 대해 말해 줄 수 있었던 것은 두 가지의 비밀 — 하나는 말해 주고 다른 하나는 말해 주지 않았던 비밀 —이 어머니가 짐작했던 것보다 어머니의 깊은 잠재의식 안에서 서로 연결되어 있었기 때문이 아닐까 싶다. 내 기억에 어머니가 내 앞에서 죽은 아기를 이야기한 것은 그때가 처음이자 마지막이었다. 내가 기억하기로는 누구도 아버지 앞에서 그 아기를 언급하지 않았다. (아버지의 이름을 따라 아기의 이름을 지었다고 했다.) 나는 아버지가 대개 고통을 잘 견디는 편이 아니기에 죽은 아기에 대한 기억을 더욱 견디기 어려웠으리라 짐작할 수 있을 뿐이다.

어머니가 훗날 들려준 바에 의하면 아기가 태어난 뒤 어머니의 목숨을 구한 사람은 다름 아닌 아버지였다. 어머니가 오랫동안 제대로 된 영양섭취를 하지 못한 탓에 의사들은 어머니 살리기를 포기했다. (어머니의 옷장 서랍에 있었던 그 헤어피스는 어머니가 병에 걸려 머리카락을 자르면서 만들게 된 것이었다.) 어머니의 병명은 패혈증으로, 당시 패혈증의 치사율은 거의 100%에 가까웠다. 이런 죽을병을 고친 아버지의 묘약은 바로 샴페인이었다.

나는 평생을 오하이오 농장에서만 지낸 아버지가 대체 어디에서 샴페인이라는 치료법을 알게 되었는지 궁금했다. 아버지는 절박한 마음에서 없는 치료법을 만들어 낸 것인지도 몰랐다. 당시 잭슨에서 샴페인을 구할 수 없었다는 사실을 고려하면 아버지의 절박함은 더욱 컸을지도 모른다. 하지만 아버지는 방법을 알고 있었다. 아버지는 잭슨에서 북쪽으로 64킬로미터 떨어진 캔턴에 사는 이탈리아 출신의 과수원 주인인 트롤리오 씨에게 전화를 걸어 샴페인을 구하고 싶다고 사정사정한 뒤, 몇 분 후 캔턴 역에 정차해 "물을 공급" 받게 될 기차에 샴페인 병을 하나만 실어 보내 달라고 부탁했다. (아버지는 기차 출도착 일정을 줄줄이 꿰고 있었다.) 트롤리오 씨는 얼음이 가득 든 양동이에 샴페인 병을 담아 기차에 실어 보냈고, 아버지는 잭슨 기차역에서 기다리고 있다가 화물칸에 들어 있던 양동이를 들고 돌아왔다. 아버지는 차가운 샴페인 한 잔을 어머니에게 권했고, 샴페인을 마신 어머니는 구토를 멈추었다. 그리고 다행히 목숨을 부지했다.

　이제 어머니의 머리카락은 다시 길어져 땋으면 등에 닿을 정도가 되었다. 그리고 어머니는 나를 낳았다. 어머니는 세상을 떠나지 않았고, 나도 태어남과 동시에 세상을 떠나지 않았다. 혹시 어머니가 죽을 수도 있었을까? 혹시 내가 죽을 수도 있었을까? 나는 혹시라는 생각을 견딜 수 없었다. 나는 어머니 무릎 위에 냉큼 올라가 어린 아기처럼 어리광을 피웠다. 어머니도 나를 위해 죽은 아기 생각을 마음 저편에 밀어둘 수밖에 없었다.

　부모님 모두 왜 그렇게 나를 과잉보호했는지, 특히 아버지가 왜 새 신발을 사면 바로 못 신게 했는지 그 이유는 사실 분명했다. 아버지는 내가 미끄러운 바닥에서 넘어지는 일이 없도록 은으로 된 주머니칼의 칼날 끝부분으로 신발 밑창에 손수 다이아몬드 격자 모양을 새긴 다음에서야 내게 새 신발을 내어 주곤 했다.

　나는 시간이 지나면서 어머니의 마음속에 각종 기억의 연상들이 첩첩이 쌓여 있다는 것을 알게 되었다. 어떤 일이 하나 생기면 어머니는 그 일을 과거에 어머니 또는 우리에게 생겼던 일과 연결 지어 생각했다. 새로운 일은 과거의 일을 떠올리는 촉매였다. 내게 무슨 안 좋은 일이라도 생길라치면 어머니는 첫 아이를 잃었던 일을 떠올렸다. 어느 크리스마스 날, 폭죽을 터뜨리다 내 옷소매에 폭죽 불꽃이 붙자 어머니는 아무거나 손에 잡히는 것을 집어 들고 그것으로 불을 끄려고 했다. 공교롭게도 어머니의 손에 잡혔던 것은 주방 행주였고, 나는 화상에 염증을 입었다. 나는 그 영광의 상처가 자랑스러웠지만, 어머니는 내 상처를 보며 스스로를 탓했다―어머니는 내가 붕대를 한 모습만 봐도 자책했다. 나는 이런 어머니의 행동이 이상하고 불편했다.

어머니가 내게 무언가를 주면서 당신은 어렸을 때 그것을 가져 본 적이 없으니 나는 가져 봤으면 좋겠다고 말하면, 나는 어머니에게 그것을 돌려주고픈 생각이 들었다(또는 그런 생각이 일부 들었다). 나는 한평생 나의 풍요로운 행복에는 어머니의 결핍과 희생이 있었다고 생각했다. 어머니는 이런 나의 양가감정을 아마도 전혀 눈치채지 못했을 것이다. 사실 어머니가 내 생각을 알았으면 억울하다고 했을지도 모른다. 어머니는 그저 사실을 말했을 뿐이니 말이다.

"내 티켓을 가지고 저녁에 아버지와 극장에 다녀오렴. 영화는 나보다 네가 보는 게 더 좋겠구나."

　나는 부모님이 언제나 앉는 발코니석 첫째 열, 아버지 바로 옆 좌석에 앉아 평소 같으면 자고 있을 시간에 화려한 공연에 몰입해 황홀한 순간을 즐겼다. 그러다 어느 순간 잠든 남동생들을 보며 집에 남아 있는 어머니, 내 눈앞에 펼쳐지고 있는 이 광경을 보지 못하고 내가 경험하고 있는 이 모든 짜릿함과 경이로움을 포기한 어머니 생각이 순식간에 나를 덮쳤고, 나는 죄책감으로 그때부터는 어떤 즐거움도 느낄 수 없었다.

　내가 아주 어렸을 때부터 독립을 꿈꿨던 것은 어찌 보면 당연한 일이었다. 하지만 나는 나를 보호해 주는 부모님을 사랑했고, 내가 부모님을 보호해 주고 싶다는 생각 때문에 실제로 독립을 이루는 데는 오랜 시간이 걸렸다. 나는 죄책감을 단 한 번도 극복하지 못했다. 그리고 이 두 가지의 감정 —밝은 감정과 어두운 감정— 은 내 소설의 가장 큰 축을 형성하는 근본적인 줄기가 되었다.

　내가 여섯 살 내지는 일곱 살이 되었을 무렵, 나는 "심장이 두근두근하는 병"이라는 의사의 진단으로 몇 달간 학교를 쉬고 침대 신세를 진 적이 있었다. 하지만 내 생각에 나는 멀쩡했다. 아니, 오히려 너무 좋았다. 심장이 두근두근하는 느낌이 서스펜스의 느낌과 비슷했기 때문이었다. 어쨌든 그 덕분에 나는 부모님 침실에 있는 커다란 더블베드를 하루 종일 독차지할 수 있었다.

나는 안정을 취해야 했고, 심장박동이 빨라질 수도 있다는 우려 때문에 친구들을 집에 자주 부를 수 없었다. 내가 다니던 학교는 우리 집 길 건너편에 있었다. 나는 침대 옆에 있는 창문을 통해 교장 선생님이 울리는 학교 종소리를 듣고, 누가 지각하는지 보고, 친구들이 쉬는 시간에 샌드위치를 까먹는 모습을 지켜보았다(나는 친구들이 무슨 샌드위치를 싸오는지 다 알고 있었다). 어머니가 내게 따로 산수와 맞춤법을 가르쳐주었음에도 불구하고 나는 학교가 그리웠다.

내 침대 위에는 각종 소설책들이 산처럼 쌓였다. 그곳은 흡사 「침대보의 나라」[5]였다. 나는 책을 읽으면서 내가 라푼젤이나 거위 치는 소녀가 되었다고 상상하거나, 매일 밤 궁전

---

5 "The Land of Counterpane", 병상에 누운 어린아이의 상상을 이야기한 로버트 루이스 스티븐슨의 시.

지붕 위에 올라가 앉아 있으면 자신에게서 뿜어져 나오는 빛이 도시 전체를 환하게 빛냈다던 『천일야화』의 라밤 공주라고 생각했다. 나는 내가 라밤 공주가 되어 길 건너편의 학교를 환하게 비추는 상상을 하곤 했다.

하지만 나는 학교에 가지 않아도 내가 무언가를 배울 수 있으리라는 것을 이전에는 전혀 몰랐다. 학교 밖에서도 내 삶에 지대한 영향력을 미칠 수 있는 무언가를 배울 수 있다는 깨달음은 이때부터 시작되었다. 부모님은 내게 굿나잇 키스를 한 뒤 이불을 덮어 주고 ─ 부모님은 내가 완전히 잠이 들면 나를 안고 나가 내 방에 데려다주었다 ─ 램프를 신문지 종이로 비스듬하게 가려 램프의 빛이 부모님이 앉아 있는 흔들의자는 비치되 내가 있는 침대는 비추지 않도록 했다. 흔들의자에 앉아 이야기를 나누는 부모님을 보면, 나는 어두움 속에 안전하게 숨어 이야기를 듣는 관찰자가 된 기분을 느끼곤 했다. 내가 먼저 잠들지 않는 한 나는 부모님이 나누는 대화를 얼마든지 들을 수 있었다.

그때 부모님의 대화에서 비밀을 엿들었다거나, 내가 알아서는 안 되는 무언가가 있다는 것을 눈치채고 그것을 캐내려는 강한 호기심을 느꼈던 기억은 없다. 물론 내가 너무 어려서 무슨 이야기에 귀를 기울여야 하는지 몰라서 그랬을 수도 있다. 하지만 가장 중요한 비밀 —두 사람이지만 한 사람처럼 보이는 부모님의 모습—은 내 눈앞에 있었다. 나는 램프의 빛이 비스듬하게 가려진 방 한쪽에 누워 그 비밀을 보며 두근두근 뛰는 심장박동을 느꼈다. 그러는 동안 신문지 종이가 덮인 램프는 온도가 높아져 신문지 덮개에 길쭉한 서양배 모양의 갈색 그을음을 남기곤 했다.

　나는 부모님이 그때 무슨 이야기를 했는지 모른다. 부모님의 대화 주제는 사실 내게 중요치 않았다. 부모님의 이야기는 아마도 길고 정신없는 하루를 보낸 여느 젊은 부부들이 자기들만의 시간을 가졌을 때 나눌 법한 그런 이야기였을 것이다. 내게 중요한 것은 부모님의 속삭이는 목소리, 부모님이 주고받는 대화, 내 취침 시간과 부모님의 취침 시간 사이에 내가 알지 못했던 이런 새로운 시간이 존재한다는 사실이었다. 나는 그것을 멀리서 지켜보는 느낌이 좋았다. 부모님의 목소리를 듣고, 그을음 묻은 신문지가 덮인 램프의 노란 불빛이 비추는 부모님의 얼굴을 볼 수 있었기에, 부모님으로부터 소외되었다고 느끼기보다 부모님과 함께하고 있다는 기분을 느꼈다.

짐작건대 나는 이처럼 어렸을 때부터 내가 특별한 관찰자라는 사고방식과 기질을 갖게 된 것 같다. 그리고 이처럼 특별한 관찰자가 될 수 있었던 까닭에, 언제나 사랑으로 세상을 바라볼 수 있게 되었다.

이 같은 사고방식과 기질은 내가 소설가가 되었을 무렵 의식적인 행동으로 나타나기 시작했다. 어떤 대상과 일정 거리를 유지하는 것은 내게 인간의 경험을 이해하기 위한 필수 요건이자 소설 집필의 첫 번째 단계였다. 이는 내가 신문기자 일을 시작하면서 우연히 알게 된 사진 촬영의 기본 원칙과도 동일했다. 사진의 프레임, 비율, 원근, 명암은 모두 관찰자와 피사체와의 거리에 의해 결정되는 것이었다.

나는 늘 돌다리도 두들겨 보고 건너는 성격이었다. 그 결과 나는 사람과 사람 사이의 관계를 포함해 세상 모든 일을 서두르지 않고 천천히 진행했다. 간혹 서두르고 싶다는 생각이 들 때마저도, 인간에 대한 글을 쓸 때는 성급하게 시작하기보다 차근차근 접근했다. 나는 직접 관찰하고, 추측하고, 이해하고, 기대하고, 나만의 최종적인 결론에 도달함으로써 내가 진짜로 원하는 방향에 근접할 수 있었다. 나는 시간과 나의 상상력이 이끄는 대로 내 몸을 맡겼다.

내가 처음으로 배움에 열정을 느꼈을 때부터, 무엇을, 어떻게, 왜, 어디서, 언제 같은 것은 이미 내게 큰 관심사가 아니었다. 나의 관심사는 오로지 '언제부터?'였다.

정원 문가에 서 있는 배나무야,

배가 열리려면 얼마나 더 기다려야 하니?

이 동요는 내 관심사를 가장 잘 보여 주는 대표적인 사례였다. 하지만 얼마나 기다려야 하는지 모른다고 해서 불행하다고 느낀 적은 전혀 없었다. 나의 열성적인 호기심은 어느 정도 서스펜스와 관련되어 있었고, 서스펜스는 그 자체가 비밀스러운 즐거움이었기 때문이다. 나는 이 시기부터 서스펜스에 이미 노출된 셈이었다.

다섯 살 무렵 나는 알파벳을 모두 깨쳤고, 천연두 접종 주사를 맞았으며, 책을 읽을 줄 알았다. 어머니는 우리 집 길 건너편에 있는 제퍼슨 데이비스 그래머스쿨에 찾아가 그곳 교장 선생님에게 올해 크리스마스 이후 내가 학교에 입학하는 게 가능하겠냐고 물어보았다.

"그럼요." 둘링 선생님이 말했다. "따님 장래에 큰 도움이

될 겁니다."

둘링 선생님은 언제나 완벽주의를 추구했던 권위 있는 교장 선생님으로 내가 아는 그 어떤 사람보다 진실된 분이었다. 선생님은 학생을 가르치는 일에 자신의 모든 삶을 바쳤고, 교직 외의 다른 삶이나 다른 가능성은 전혀 고려하지 않았다. (학생들은 둘링 선생님에게 다른 삶이 있었을지도 모른다는 가능성 자체를 상상하지 않았다.) 둘링 선생님은 유복하고 교양 있는 집안 출신의 켄터키주 사람으로, 옛날 사진으로 미루어 보건대 젊었을 적에는 아름다운 외모에 활발한 아가씨였던 것 같다. 선생님은 새로 지어진 학교에 교장을 맡을 사람을 구한다는 간절한 부탁을 받고 미시시피 잭슨으로 이사했다. 그때나 지금이나 미시시피주는 미국 전역에서 경제 상황이 가장 열악했을 뿐만 아니라 공교육에 예산을 쓰는 것을 끔찍이 아까워했기 때문에, 추측건대 선생님은 당시 거의 무일푼에 가까운 월급을 받았음이 분명했다. 하지만 선생님을 이곳으로 부른 것은 그런 도전정신이었다.

둘링 선생님은 이곳에 일반 교사로, 또 교장 선생님으로 오래 있으면서 잭슨 주민들을 3세대에 걸쳐 알게 되었다. 우리 부모님은 예외였지만, 내 친구들의 부모님은 전부 둘링 선생님의 제자였다. 이 지역에서 한가닥 하는 사람들도 학창 시절에 한 번은 둘링 선생님을 거쳐 갔다. 선생님은 해결해야 할 일이 생기면 —가령 공공기관에서 허술하게 일처리를 하거나, 불합리한 사건을 당장 해결해야 하거나, 전화국 직원이 멀쩡한 나무를 베어 가겠다고 출동하면— 잭슨의 시장, 경찰서장, 전화국 대표, 병원장, 담당 판검사에게 전화를 걸어 상황을 이야기하곤 했다(선생님은 이들을 편하게 이름으로 불렀다). 선생님의 이야기를 거역하는 것은 감히 상상할 수 없는 일이었다. 선생님의 전화를 받았던 사람들은 학창시절 선생님이 울렸던 놋쇠 종소리가 귀에 선했을 것이기 때문이다. 선생님은 학교 4학년 학생들과 미시시피주 의회 직원들 사이에 스펠링 대회를 제안한 적도 있었는데, 그런 선생님의 제안을 거절할 수 있는 사람은 의회에 아무도 없었다.

선생님은 철저하고 확고한 기준과 절대적인 권위의 소유 자였다. 선생님의 절대적인 권위에는 놋쇠 종소리, 학교에서 동서남북으로 한 블록 떨어진 곳까지 들렸던 바로 그 놋쇠 종소리가 있었다. 마치 천사에게는 날개가, 악마에게는 꼬리가 자연스러운 일부이듯 둘링 선생님에게도 놋쇠 종은 오른쪽 팔 어딘가에서 자라 나온 신체의 일부인 것 같았다. 둘링 선생님의 학교에 입학한 우리는 엄격한 가르침, 감독, 질서 하에 문법, 산수, 철자법, 읽기, 쓰기, 지리를 배웠다. 시험문제는 일반 교사들이 아닌 둘링 선생님이 직접 출제했다. 그 시험문제가 "어려웠다는 것"은 두말할 필요도 없었다.

내 삶에 영향을 미친 선생님은 다른 분들도 많았지만, 둘링 선생님은 내가 지금까지 짐작했던 것보다 내 소설 작품에서 여러 등장인물의 형태와 모습으로 많은 비중을 차지했다. 내 소설 작품에는 유난히 많은 학교 선생님이 등장하는데, 그 등장인물의 원형은 다름 아닌 둘링 선생님이었다. 하지만 내가 그 등장인물들에게 애착을 가졌던 것과 별개로, 나는 현실 속의 둘링 선생님을 좋아하지는 않았다. 나는 뾰족하고 뼈대가 두드러진 선생님의 코, 부리부리한 두 눈 위로 치켜 뜬 반원 모양의 눈썹, 켄터키 사람 특유의 R 발음, 발목까지 높게 덮인 구두를 신고 성큼성큼 걷는 선생님의 발자국 소리를 무서워했다. 나는 선생님의 고압적이고 권위적인 모습에 두려움을 느꼈고, 선생님의 그런 모습이 우리에게 배움을 주기 위한 의도적인 행동이라는 것을 이해하지 못했다. (나의 경우 굳이 동기부여가 필요하지 않았기에 그것을 이해하지 못했는지도 모른다.)

선생님은 거짓말, 허술한 변명, '이게 최선이었어요' 같은 한심한 대답을 용인하지 않았다. 또 학교 내에서 어떤 허례허식도 용납하지 않았다. 한번은 새로 부임한 주지사의 딸이 학교에 입학했는데, 그 여자아이의 공식 명칭은 레이디 레이첼 코너였다. 둘링 선생님은 주지사에게 전화를 걸어 이렇게 말했다. "학교 안에서는 레이디라는 호칭을 사용하지 않을 겁니다."

둘링 선생님은 추수감사절 포스터에 등장할 법한 청교도인처럼 수수하게 옷을 입었다. 선생님의 가장 대표적인 옷은 검은색과 흰색 체크무늬의 길이가 긴 깅엄 원피스, 기차 신호등처럼 선명한 붉은색의 두꺼운 모직 스웨터(선생님이 직접 뜨개질한 스웨터라고 했다), 검은 스타킹, 가녀린 발모양이 드러나는 검은 발목 구두였다. 이 발목 구두는 선생님이 걸을 때마다 마치 행진할 때 나는 북소리처럼 또각또각하는 규칙적인 소리를 냈다. 선생님은 비단처럼 부드러운 검은 곱슬머리를 빗으로 단단히 빗어 뒤통수 부분에서 꽉 묶고, 안경테에 달린 금색 체인을 목 주변으로 늘어뜨렸다. 선생님의 눈빛은 평소 이곳저곳을 살피다가 갑자기 어느 순간 내게로 고정되곤 했다. 선생님은 종을 울릴 때가 되면 학교 정문에 있는 계단에 나와 오른팔과 오른쪽 어깨로 온 힘을 다해 종을 쳤다. 선생님의 단호하고 공정한 종소리가 들리면 우리 여학생과 남학생은 각각 한 줄로 따로따로 섰다. 선생님이 종을 칠 때면 한 4학년 학생이 그 종소리에 맞춰 피아노를 치곤 했는데, 그 피아노 소리는 폴짝폴짝 뛰고 싶을 만큼 경쾌한 리듬이었음에도 불구하고 둘링 선생님 앞에서 폴짝폴짝 뛰어 학교로 들어가는 사람은 아무도 없었다.

짧은 쉬는 시간(야외 운동시간), 긴 쉬는 시간(잔디밭에 앉아 도시락을 먹는 시간으로 잔디밭에는 여학생과 남학생이 앉는 구역이 따로 있었다), 하교 역시 둘링 선생님의 종소리가 시작과 끝을 알렸다. 선생님은 불시에 화재 대피훈련을 할 때도 똑같은 종소리를 울렸다.

나는 시험만 보면 마치 비상상황에라도 처한 것처럼 전전긍긍하곤 했다. 누군가 나를 점수 매긴다는 것은 생각만 해도 옥죄는 일이었다. 한번은 맞춤법 시험에서 철자 하나를 빼먹어 100점을 받지 못한 일이 있었는데, 내가 틀렸던 문제의 단어는 "삼촌"이었다. 내가 예상했던 바대로, 어머니는 이일을 개인적으로 받아들였다. "**삼촌**을 제대로 쓸 줄 몰라? 네게 멋진 삼촌들이 5명이나 있는데? **삼촌**들이 이걸 알면 뭐라

하겠어?"

어머니는 내가 다른 친구들보다 높은 점수를 받기를 바란 것이 아니라, 내가 정확한 답을 쓰길 원했다. 어머니가 기대했던 것은 구름 한 점 없는 하늘 같은 완벽함이었다.

반면 아버지는 실수의 가능성에 보다 관대한 입장이었다. 아버지는 시험 날 아침이 되면 흠잡을 데 없이 날렵한 모양으로 내 연필을 깎아 주며 이렇게 말하곤 했다. "이것만 기억하렴. 시험은 보통의 학생들이 통과할 수 있게 만든 거야. 보통이란 대다수의 학생이지. 대다수가 통과할 수 있다면, 너는 얼마나 더 잘 할 수 있을지 생각해 보렴."

나는 어머니를 쳐다보았다. 어머니는 이 '대다수'에 상당히 다른 입장을 갖고 있었다. 아버지는 대다수를 존중하는 입장이었지만 어머니는 그렇지 않았다. 나는 왼손잡이로 태어났지만 데이비스 학교에 입학하면서부터 오른손잡이가 되었는데, 이는 아버지의 고집 때문이었다. 아버지는 오른손잡이가 대다수인 이 세상은 오른손잡이의 편의를 위해 만들어졌으며, "대다수가 원하는 것"이 최선을 판단하는 기준이라고 종종 말했다. 어머니는 내가 왼손잡이 교정을 하면 그 후유증으로 말더듬이가 될 수도 있다고 말했다. 아닌 게 아니라 어머니 역시 왼손잡이로 태어났고, 어머니의 다섯 남동생들도 모두 왼손잡이였으며, 어머니의 어머니도 왼손잡이였고, 어머니의 아버지는 양손잡이에 글자를 거꾸로도 쓰고 뒤집어 쓸 줄도 알았다. 그러다 어머니는 어렸을 때 왼손잡이 교정을 했고, 한때 말을 더듬는 습관이 생겼다고 했다.

내가 "엄마는 아직도 말 더듬는데요"라고 말하면, 어머니는 이렇게 도도하게 대답했다. "네 나이 때는 지금과는 비교도 안 되게 심하게 더듬었단다."

내가 어렸을 당시 대부분은 자녀가 학교에서 좋은 성적을 받아오는 일을 중하게 생각했다. 잭슨의 두 지역 신문사 모두 학교에서 우등생 명단이 발표되면 이를 뉴스 기사로 다루고, 우등생의 이름과 성적, 명단을 게재했다. 아버지들은 우등생 명단에 오른 자녀들에게 동네 야구장의 시즌권을 끊어주곤 했다. 우리는 잭슨 세너터스[6]의 선수들을 좋아해 세너터스의 경기를 곧잘 보러갔다. 세너터스의 3루수인 레드 맥더멋의 팬이었던 나는 산수와 맞춤법, 읽기와 쓰기, 출석, 예절 과목에서 — 예절 과목에서 100점이라니 나는 새침데기

6 당시 미시시피주의 마이너리그 야구팀.

였나 보다!—100점을 받자 그 영광을 맥더멋에게 돌렸다. 야구 관람의 즐거움만큼이나 우리를 행복하게 만들었던 것은 둘링 선생님이 여름 방학 동안 머나먼 켄터키로 휴가를 가고 없다는 사실이었다.

학교에서는 매주 정해진 요일마다 방문 교사들이 수업을 했다. 매주 월요일에는 음악 선생님이 이른 아침의 공기를 몰고 교실에 입장하며 높은 소프라노 목소리로 도-미-솔-도 음계에 맞춰 "여러-분-안-녕?"이라고 인사했다. 그러면 우리들은 책상에 앉아 도-솔-미-도 음계에 맞춰 "안녕-하-세-요?"라고 화답했다. 존슨 선생님은 우리에게 "저어라 저어라 네 조각배를" 같은 돌림노래를 가르쳐 주고, 학생들을 두 그룹으로 나누어 한 그룹은 가사를 부르고 다른 그룹은 메아리 소리를 내는 「메아리의 노래」Little Sir Echo를 부르게 했다. 미국 북부 출신이었던 선생님은 하루는 수업 중 눈이 내리자 우리에게 캐럴을 멈추고 밖에 내리는 눈을 구경하라고 했다. 그날 아침 눈이 내리던 모습은 우리들 중 대부분이 난생처음 보는 광경이었다. 존슨 선생님은 창문을 열고 선생님의 검은색 망토를 넓게 펴 그 위에 떨어지는 눈송이를 받아

눈이 녹기 전에 우리가 진짜 눈꽃의 모습을 볼 수 있도록 해 주었다.

매주 목요일에는 아이리치 선생님의 체육 수업이 있었다. 선생님은 허튼 일에 시간 낭비하는 것을 질색했다. 수업이 시작되면 우리는 인사를 주고받는 일 없이 모두 운동장으로 나가 즉석에서 팀으로 나눈 후—우리가 팀을 선택하는 경우는 없었다—출발선에 서서 이어달리기를 시작했다. 아이리치 선생님이 "출발"이라고 외치자 나는 목까지 두려움이 차오르는 것을 느꼈다. 나는 머리가 빙빙 도는 듯했다. 내 차례가 다가오고 있었다. (잠깐만, 내가 배턴 터치를 받았나? 방금 그게 터치였나? 계속 달리자! 달리려면 암호를 전달해야 되나? 그런데 암호가 뭐였지? 곡선 주로를 달리기엔 너무 속도가 빠른가? 이제 거의 다 왔는데, 누구에게 배턴 터치를 하면 되지? 내가 너무 늦게 달리나? 나 때문에 우리 팀이 졌나?) 나는 이 모든 것을 머릿속에서 상상하며 순서가 다가오는 것에 겁을 잔뜩 먹고 마치 얼음이라도 된 듯 그 자리에 꼼짝도 않고 서서 암호를 생각해 냈다. 나는 그렇게 출발도 하기 전에 이어달리기에서 지고 말았다. 나는 지금도 목요일만 되면 아이리치 선생님이 "제자리에 —준비 —땅!"이라고 외치는 목소리가 귓가에 선하다.

매주 화요일에는 미술 교사인 애셔 선생님의 수업이 있었다. 선생님은 모든 교실의 복도를 차분하게, 그리고 천천히 걸어 다니며 학생들의 그림을 어깨너머로 관찰했다. 선생님이 내 뒤에 와서 서면 비록 내게 아무 말을 하지 않아도 마치 고양이가 가르릉하는 것처럼 저 깊은 곳에서 나오는 소리가 느껴졌다. 그 소리는 온도계를 보며 내가 미열이 있음을 발견한 의사 선생님이 "흐음"이라고 내뱉는 소리와도 비슷했다. 애셔 선생님도 의사 선생님도 모두 내가 하던 것을 계속해도 좋다는 허락의 의미였다.

학교의 남자 화장실과 여자 화장실은 각각 지하에 위치해 있었다. 둘링 선생님이 하교를 알린 뒤, 친구와 함께 화장실에 간 나는 옆 칸에 앉아 주말 계획을 이야기하기 시작했다. "나랑 같이 놀지 않을래?" 내가 친구에게 묻자, 친구가 이렇게 대답했다. "그러자요."

"누가 ─ 그러자요라고 ─ 말했어?" 그 목소리는 흡사 화가 난 거인의 호통소리처럼 들렸다.

우리는 겁에 잔뜩 질렸다. 우리는 복식호흡에서 나온 듯

한 그 카랑카랑한 목소리가 맥윌리 선생님의 목소리라는 것을 알고 있었다. 맥윌리 선생님은 우리 교실 반대편 복도에서 4학년을 가르치는 선생님이었다. 우리는 선생님으로부터 수업을 직접 배운 적이 없음에도 불구하고 선생님이 굉장히 엄하고 근엄한 사람이라는 것을 알고 있었다. 선생님은 항상 높은 옷깃과 벨벳 리본으로 장식된 검은색 주름 블라우스와 발목까지 내려오는 검은색 치마로 된 상복을 입었고, 눈 밑에는 진한 다크서클이 내려앉아 있었으며, 어딘가 심각한 표정을 하고 있었다. 우리는 화장실 칸에서 한 발짝도 나갈 수가 없었다.

"빨리 나오는 게 좋을 거다." 맥윌리 선생님이 말했다. "너희가 나올 때까지 나도 계속 있을 거니까. 기다리다 보면 '그러자요'라고 말한 사람이 누구인지 알 수 있겠지."

나는 엘리자베스가 안 나가면 나도 안 나갈 생각이었다. 하지만 우리는 맥윌리 선생님이 오후 내내, 아니 내일도 그곳에서 우리를 지키고 서 있을 사람이라는 것을 잘 알았다. 우리는 어쩔 수 없이 화장실 칸 밖으로 나왔다. 나는 엘리자베스가 그 말을 한 사람이 자기라는 것을 자수하길 바랐다.

"너희들이었구나." 선생님은 우리 둘을 하나로 취급했다.

그 말을 직접 하지 않은 나도 공범이었던 것이다. "또 한 번 '그러자요' 같이 말도 안 되는 소릴 하는 걸 들으면 바로 둘링 선생님께 얘기드릴 거야. 아마 일주일은 방과 후 지도를 받아야 될걸! 너희들이 뭘 잘못했는지 충분히 알고 있지?" 문법에 어긋나는 말을 하는 것은 나쁜 일이었지만, 지하 화장실에서 문법에 어긋나는 말을 하는 것은 죄였다. 맥윌리 선생님 같은 장로교인들은 그것을 지옥에 떨어질 죄라고 여기는 것이 분명했다.

물론 맥윌리 선생님은 윽박지르는 식으로 문법을 가르치지 않았다. 사실 나는 문법을 좋아했고, 이후 고등학교 1학년 때 라틴어 수업을 통해 내가 문법에 애정을 느끼고 있었다는 사실을 깨달았다. 나는 라틴어를 배우고 나서야 단어가 지닌 진정한 의미에 눈을 뜰 수 있었다. (비록 카이사르의 산문을 배울 때까지는 어려웠지만) 라틴어 수업은 개별적인 단어는 물론 단어의 연결과 변형, 단어들이 모여서 만든 아름답고 진실한 문장에 대한 나의 애정에 불을 지폈다. 그렇게 만들어진 완성된 문장은 생생하고 온전한 하나의 실체로 존재했으며, 그것은 마치 내가 학교 가는 길에 가로질러 가는 미시시피 주 청사처럼, 대리석 바닥에 울리는 내 발자국 소리와 내 머리 위에 높이 솟은 원형 지붕에 울려 퍼지는 종소리를 들을 수 있었던 그 주청사처럼 굳건했다.

비 내리는 겨울날에는 교실 안이 어둑어둑해져 칠판에 쓴 글씨를 볼 수 없을 때가 있었다. 그럴 때면 근엄한 맥윌리 선생님은 학생들에게 책을 덮으라고 말한 뒤, 창문 쪽으로 성큼성큼 걸어가 밖에서 비치는 미미한 햇빛에 의지해 『황금강의 왕』[7]을 큰 소리로 읽어 주곤 했다. 하지만 나는 맥윌리 선생님 반이 아니라 선생님이 읽어 주는 소설을 들을 수 없었다. 우리 반 담임인 루엘라 바나도 선생님은 맥윌리 선생님처럼 책을 읽어 주지 않았다. 우리 반 학생들은 대신 맞춤법 대결을 했다. 어두워도 맞춤법을 맞추는 데는 아무 지장이 없었기 때문이다. 그때 나는 처음부터 맥윌리 선생님의 반이 되지 않고는, 그래서 어느 비 오는 날 선생님이 직접 읽어 주는 이야기를 듣지 않고는 『황금강의 왕』을 읽을 방법이 없다고 생각했다. 지금에서야 깨달은 사실이지만, 맥윌리 선생님이 어두운 날 그 소설을 읽어 준 것은 학교에 돈이 없어 전기등을 설치할 수 없었던 것도 하나의 이유였다. 다시 말

7 존 러스킨의 소설.

하면 존 러스킨은 어두움 속에서만 모실 수 있는 존재였던 것이다. 나는 이후『황금강의 왕』을 직접 읽으면서, 실제 소설은 내가『황금강의 왕』이라는 이름에 갖고 있던 환상과 다르다는 사실을 발견했다. 그 환상을 충족하기란 불가능한 것 아니었을까?

우리 집 앞길을 따라 쭉 올라가면 주청사의 반대편에 잭슨 카네기 도서관이 있었다. 우리 집에서 도서관에 가려면 "주청사를 통과해서" 가야 했다. 우리는 부모님의 허락을 받지 않아도 주청사를 자전거, 심지어는 롤러스케이트를 타고 가로질러 갈 수 있었다.

잭슨에서 자란 사람 치고 그 도서관의 캘러웨이 부인을 무서워하지 않았던 사람은 없었을 것이다. 도서관 사서인 캘러웨이 부인은 하나부터 열까지 도서관의 모든 업무를 혼자 다 챙겼다. 그녀는 도서관 책장을 등지고 계단을 마주 볼 수 있는 자리에 앉아 용처럼 부리부리한 눈을 정문 출입구에 고정시킨 채 누가 도서관에 들어올지 모르니 잘 감시해야 한다는 듯한 표정으로 자리를 지켰다. 검은색의 큰 글자로 쓰인 "정숙"이라는 팻말은 도서관의 곳곳에 붙어 있었다. 캘러웨이 부인의 목소리는 위풍당당했다. 부인의 입에서 나오는 모든 한마디 한마디는 선풍기에서 나오는 윙윙거리는 소리를 배경으로 온 도서관 안에 울려 퍼졌다. 부인의 책상 위에서 부인의 얼굴에 정면으로 바람을 일으키는 선풍기는 그 도서관의 유일한 선풍기였다.

캘러웨이 부인은 역광을 받으며 계단 아래로 내려오는 여학생들을 매의 눈으로 살폈다. 만약 여학생이 속치마를 제대로 갖춰 입지 않아 다리가 훤히 드러나 보이면 부인은 여학생을 바로 집으로 돌려보냈다. 도서관에서 책을 빌리고 싶으면 속치마를 제대로 갖춰 입어야 했다. 나는 속치마를 몇 겹을 더 입어서라도 책을 꼭 빌리고 싶었다.

어머니는 캘러웨이 부인을 무서워하지 않았다. 내가 도서관 카드를 만들어 직접 도서관에서 책을 빌려 읽길 바랐던 어머니는 하루는 나를 데리고 도서관에 찾아갔다. 캘러웨이 부인을 본 순간 나는 저 아주머니는 마녀가 분명하다고 생각했다. "유도라는 올해 아홉 살이에요. 제가 허락했으니 유도라가 어린이 서적은 물론 어른 서적도 마음대로 빌릴 수 있게 해주세요. 엘시 딘스모어가 나오는 소설만 빼고요." 어머니는 이렇게 말했다. 어머니가 내게 엘시 딘스모어 소설을 못 읽게 한 이유를 나중에 설명하길, 여주인공 엘시는 소설에서 아버지가 피아노 연습을 너무 혹독하게 시키는 바람에 하루는 정신을 잃고 피아노 의자에서 굴러떨어졌다고 했다. "애야, 너는 감수성이 예민하잖니." 어머니는 이렇게 말했다. "그 소설을 읽으면 너도 피아노 의자에서 굴러떨어질지 몰라." 나는 그때 "감수성"이라는 단어를 처음 접했다. 그래서인지 나는 지금도 감수성이라는 단어를 들으면 피아노 의자에서 굴러떨어지는 이미지가 연상되곤 한다.

도서관에는 캘러웨이 부인만의 규칙이 있었다. 도서관에서 책을 대출한 날은 같은 책을 반납할 수 없었다. 책을 한 줄도 빠짐없이 다 읽었으니 다른 책을 빌리고 싶다고 말해도 캘러웨이 부인은 들어주지 않았다. 한 번에 대출할 수 있는 책은 두 권을 넘을 수 없었다. 이는 어린이인 내게는 물론 성인인 어머니에게도 엄격하게 적용되는 규칙이었다. 나이가 들었다고 해서 책을 더 많이 빌릴 수 있는 게 아니었다. 나는 한 번에 책을 두 권씩 빌려 자전거 바구니 안에 싣고 집으로 부리나케 달려와 집에 도착하자마자 빌려온 책을 읽기 시작했다. 『바니 브라운과 수의 모험』부터 『해저 2만 리』까지 읽고 싶은 책이 있으면 나는 언제든 빌려 읽을 수 있었다. 이는 분명 행운이었다. 취향이란 때가 되면 생겨나는 것이라고 믿었기에, 나는 종류를 가리지 않고 모든 책을 읽었다. 나는 읽고 싶은 책이 있으면 그 즉시 책을 읽고 싶었다. 나는 이야기가 다 끝나 책장을 덮어야 하는 순간이 가장 두려웠다.

어머니는 이처럼 책을 읽어도 읽어도 더 읽고 싶어 하는 내 마음에 공감했다. 지금 와서 돌이켜 보면, 어머니는 무언가를 하는 와중에도 계속 책을 읽고 있었던 것 같다. 나는 우리 집 식료품 저장실 선반 위에 밀가루가 보얗게 쌓인 『종의 기원』이 놓여 있던 것이 아직도 눈에 선하다. (어머니는 제빵을 즐겨했다.) 어머니는 오븐을 곁눈질 하면서 빵이 구워지는 동안 창가에 앉아 그 책을 읽곤 했었다. 나는 어머니가 꼬마 헤어롤로 내 머리카락을 메리 픽포드[8]처럼 말아 주고 마르기를 기다리는 동안 『10번 침대차의 남자』를 읽고 있던 것도 기억난다. 그로부터 약 30년 뒤 남동생 월터가 해군에 들어가 집을 비운 동안 조카들이 종종 우리 집에 놀러 왔을 때도 어머니는 조카들과 "빨간 모자" 놀이를 하면서 『타임』지를 읽곤 했다. 늑대 역할을 맡았던 어머니는 대사를 이야기할

---

8 Mary Pickford, 금발의 곱슬머리로 인기를 끌었던 미국 여배우.

순서가 되면 "너를 더 잘 잡아먹기 위해서란다!"라고 말하고
는 읽고 있던 전쟁 기사로 다시 눈을 돌렸다.

부모님은 모두 종교적인 집안에서 성장했다. 우리 가족의
경우 나와 남동생들은 아기 때 세례를 받고, 잠들기 전에 기
도를 하도록 배우고, 일요일마다 주일학교에 갔지만, 교회
예배에 꼬박꼬박 참석하는 집은 아니었다. 친할아버지와 달
리 우리는 식사 전에 기도를 하지 않았다. 이런 종교적인 면
에서 우리 가족은 다른 대부분의 가족들과 달랐다. 장로교인
가족들은 일요일에는 따뜻한 음식을 먹거나, 신문 만화란을
읽거나, 아주 가까운 곳이라도 여행을 가는 것이 금지되어
있었다. 장로교인 부모님들은 천국과 지옥을 믿었고, 어린
아기들도 지옥에 떨어질 수 있다고 생각했다. 침례교인 가족
들은 평생 카드 게임을 하거나 춤을 추며 놀 수 없었다. 교파
의 차이점은 이밖에도 무수히 많았다. 나와 남동생들은 남부
감리 주교 교회의 주일학교를 다녔으므로 감리교인들의 생
활 규칙에 익숙했다.

비록 교회를 가는 집안은 아니었다고 하나, 그럼에도 불구
하고 우리는 종교적인 환경에서 성장했다. 심지어 내가 다녔

던 고등학교 역사 시간에는 선생님이 출석을 부르면 학생들이 성경 속 한 구절을 암송하는 것으로 대답을 대신하곤 했다. ("예수께서 눈물을 흘리셨다"로 대답하는 것은 반칙이었다.[9])

주일학교에 참석하는 여학생들은 태피터로 만든 드레스와 흰 장갑을 끼고, 장갑을 낀 손바닥 안에는 헌금으로 낼 5센트짜리 동전 하나를 쥐었다. 그리고 영화배우 마지 에반스가 유행시켰던 챙 넓은 밀짚모자를 쓰고, 모자 아래 달린 고무줄 밴드를 턱 아래에 자국이 남을 정도로 꽉 조인 채 해티 선생님의 지시에 따라 노래를 불렀다. 활발한 성격의 해티 선생님은 언제나 옷을 말쑥하게 차려입었고, 피아노 옆에 서서 양팔을 위아래로 흔들며 지휘를 하거나 부러진 의자 다리를 손에 들고 박자를 맞추곤 했다. 우리가 아무리 큰 소리로 노래를 불러도 선생님의 목소리는 우리보다 항상 더 컸다. "험한 길 떠나서! 생명의 길로 오너라! 주님의 품으로 어서 나와 안기어라!" 이런 감리교 찬송가는 언제나 행복을 느끼고 세상에 감사하는 것 같이 들렸지만, 알고 보면 가사는 완전히 정반대일 때가 많았다. "생명줄을 던지어라! 생명줄을

---

9 "Jesus wept."는 영어 성경에서 가장 짧은 구절.

던지어라! 물속에 빠져간다!"는 가사도 신나는 선율에 맞춰 불렀다. "죄 가운데 빠져서 평안함 없을 때, 깊은 바닷속에서 도울 자 없을 때"를 부를 때면 춤을 추고 싶어 들썩들썩하고, 후렴구 "그 사랑이 날 건졌네! 날 구할 자 없을 때 건지셨네!"를 부를 때는 깡충깡충 뛰고 싶어질 정도였다. 나는 이런 찬송가를 부르면 학교에서 피아노에 맞춰 행진하던 것이 생각나 발이 절로 움직였다. 학교에서 들었던 피아노 음악은 영국에서 전래된 춤곡인 「도로시」였는데, 사실 많은 기독교 찬송가들이 영국의 춤곡을 바탕으로 만들어진 음악이었다. 영국의 민요와 춤곡은 찰스 웨슬리[10] 여타의 찬송가 작곡가들이 만든 찬송가의 뿌리였다.

당시 잭슨에는 전도사들의 방문이 많았다. 주민들은 특히 집시 스미스라는 감리교 전도사를 좋아했는데, 당시 '전도사'라는 단어에는 오늘날 우리가 생각하는 그런 이미지가 없었다. 집시 스미스는 어떤 "팀"이나 조직을 몰고 다니거나 대대적인 사업 활동을 하지 않았으며, 대중들 앞에서 집회를

---

10 Charles Wesley, 감리교 창시자이자 찬송가 작사가.

하는 소위 쇼맨도 아니었다. 반면 훗날 활동했던 빌리 선데이는 전직 야구 선수로서의 쇼맨십을 십분 살려 무대에 오르면 코트를 벗어던지고 와이셔츠와 붉은색 멜빵 차림으로 이야기를 하며, 마치 투수가 직구를 던지듯 관중들을 향해 복음의 이야기를 꽂아 던지는 사람이었다.

집시 스미스는 진짜 집시였다. 사람들이 그에게 매력을 느낀 이유는 그의 이야기가 진실하기 때문만이 아니라 그의 배경이 집시라는 것도 한몫했다. 그의 설득력이 얼마나 뛰어난지 "잭슨의 남녀노소"는 물론 유명한 기업인들도 그의 복음을 듣고 구원을 받았다고 했다. 일요일마다 교회에 나가 예배를 드리는 것과 집시 스미스에게 구원받는 것은 차원이 다른 일이었다. 성가대가 「예수님이 우리를 부르는 소리」와 「큰 죄에 빠진 날 위해」 같은 찬송가를 부르는 동안 집시 스미스는 사람들을 일으켜 세운 다음 단상 앞으로 나오라고 불렀다. 그에게 구원을 받은 사람들의 숫자는 하루가 다르게 늘어갔다. 당시 가장 인상 깊었던 일은 그의 복음을 통해 하느님의 사람으로 다시 태어난 한 지역 석간신문 편집장이 훗날 윌리엄 포크너가 소설 『성역』을 통해 현대사회를 통렬히 비판하자 『잭슨 데일리 뉴스』에 미시시피 사람들에게 이 책을 읽을 것을 권하는 기고문을 남겼던 사건이었다.

나는 집시 스미스가 감리교 전도사였는지 여부는 잘 모른다. 내가 다녔던 주일학교에서도 그의 복음을 들으러 간 적이 있었지만 나는 참석하지 않았다. 나는 무대 위에 오른 사람들의 모습에 쉽게 매료되는 편이지만, "돌아오라! 돌아오라! 하느님의 자녀들이여 집에 돌아오라!"는 찬송가가 울려 퍼지는 가운데 사람들이 가득 모인 대강당 앞에 나가 기도를 하는 내 자신이 잘 상상이 가지 않았다. 어렸을 때 마술쇼를 보러 가면, 나는 마술사가 다음 묘기에 조수가 필요하니 어린이가 한 명 무대 위로 올라와 줬으면 좋겠다는 말을 들을 때마다 내가 올라가고 싶다는 간절한 희망이 마음속을 아릿하게 만드는 느낌을 받곤 했다. 하지만 교회에서는 단 한 번도 무대에 올라가고 싶다는 비슷한 감정을 가져 본 적이 없었다.

아버지 역시 전도사를 찾아다니며 구원을 받지 않은 예외에 속했다. 아버지는 마치 마을 사람들이 단체로 무언가에 홀려 있기라도 한 것마냥, 다수의 소란에 동요되지 않고 조용히 집에 머물렀다.

어머니도 마찬가지였다. 어머니는 흔들의자에 앉아 혼자

느긋하게 성경책을 읽는 것을 선호했고, 학생처럼 성경을 열심히 탐독했다. "가서 용어 색인을 가져오렴." 어머니가 이렇게 말하면, 나는 얇은 가죽으로 표지를 댄 너덜너덜한 책을 어머니에게 가져다주었다. 어머니는 성경을 읽으며 잘못된 것이 있으면 바로잡았다. 그러다 로마서처럼 심각한 부분으로 넘어가면 어린 시절 침례교 전도사였던 외할아버지로부터 배웠던 성경 내용이 떠오르는지 입술 한쪽을 씰룩일 때도 있었다. 어머니는 외할아버지가 이야기했던 내용도 잘못된 것이 있으면 바로잡길 좋아했다.

나는 반드시 조직적인 종교 활동을 통해서만 삶의 신성함에 대한 경외심을 경험할 수 있는 것이 아님을 깨달았다. 좀 더 커서 해외여행을 다닐 수 있게 되면서는 상상력이 닿는 한 보다 다양한 곳에서 삶의 신성함과 신비함을 발견했다. 샤르트르 대성당의 스테인드글라스, 농부의 모습을 묘사한 오툉 대성당의 석조 기둥, 바다가 비추는 빛을 반사해 금색으로 빛나는 토르첼로 바실리카 성당의 벽면, 조토와 피에로가 남긴 프레스코 벽화, 양이 바짝 뜯어먹은 풀밭 위에 덩그러니 서 있는, 뻥 뚫린 천장으로 시시각각 변하는 하늘을 볼 수 있는 수도원의 폐허에도 신성함과 신비로움이 존재했다.

이처럼 나는 어머니가 본보기를 보여 준 덕분에 종교의 신성함을 이해하고, 스스로 성경책을 읽고 그 안에서 신성함을 찾을 수 있게 되었다. 이는 내가 어머니에게 늘 감사하게 생각하는 바다.

우리 시대 미국 남부 작가 지망생들에게 각자 정도의 차이는 있겠지만 킹 제임스 성경을 항상 가까이 할 수 있었다는 것은 분명한 축복이었다.[11] 킹 제임스 성경의 독특한 운율은 우리 생각과 기억 속에 평생토록 지워지지 않는 인상을 남겼다. 우리가 쓴 모든 책에는 이를 증명할 수 있는 증거, 흔적이 있다.

"태초에 말씀이 계셨다."

주일학교 수업이 파하면 아버지는 우리에게 사무실 구경을 시켜 주었다. 당시 아버지가 다니던 라마 생명보험사는 그리스 신전처럼 4개의 기둥이 세워진 정문이 있는 1층짜리 건물에 입주해 있었다. 보험사 건물 옆에는 액션 영화배우 더글러스 페어뱅크스가 창문을 뚫고 나와 밧줄을 타고 내려

---

11 전통주의가 강한 남부 사람들은 킹 제임스 성경을 선호했다.

올 법한, 톱니 모양의 총안과 높은 지붕이 인상적인 성 모양의 건물이 있었다. 일요일에 그곳에 오는 사람은 우리 말고 아무도 없었다. 사무실에 있는 정수기 기계는 쥐 죽은 듯 조용했고, 정수기 안에 담긴 물은 미적지근하고 김이 빠져 있었다. 아버지의 사무실 가장자리에는 마호가니 나무로 만든 낮은 울타리가 있어 사무실에 들어가려면 작은 출입문을 열고 들어가야 했다. 아버지가 우리를 안으로 들여보내면 우리는 가죽 소파 위에 올라가 뛰어놀았고, 그동안 아버지는 밀린 편지들을 읽었다. 아버지는 내 귀에 이어폰을 끼워 주고 녹음기에 녹음된 내용을 들려주었다(잭슨에서 녹음기를 가진 사람은 아마도 아버지가 최초였을 것이다). 녹음기에서는 비서인 몽고메리 양에게 이야기하는 아버지의 목소리가 흘러나왔다. 나는 머리를 한껏 부풀려 묶은 몽고메리 양이 이어폰을 귀에 끼고 타자기 앞에 앉아 있는 모습을 상상했다.

아버지는 우리가 한 번씩 돌아가며 아버지의 타자기를 사용할 수 있게 해주었다. 우리는 회사에서 지급된 종이에 타자를 쳤는데, 그 종이의 윗부분에는 루시어스 퀸투스 신시나터스 라마의 타원형 초상화가 인쇄되어 있었다. 라마 생명보험사라는 명칭의 유래이기도 한 그는 미시시피주 출신의 하원의원이자 클리블랜드 대통령 당시 내무 장관, 미국 대법원장을 지냈던 정치가였으며, 남북전쟁 이후에는 남부와 북부의 화해를 주장했던 영향력 있는 웅변가였다. 우리는 수염이 덥수룩한 그의 초상화 아래쪽 빈 공간에 어머니에게 보내는 편지를 썼다.

어머니는 남동생 월터가 그때 보냈던 편지를 간직하고 있었다. 당시 동생은 철자를 쓸 수 있는 단어가 많지 않았는데, 누가 보낸 편지인지 어머니가 짐작할 수 있도록 이렇게 썼다. "친애하는 C. W. 웰티 부인, 내가 누군지 알죠? 나를 좋아하니까요."

나는 내가 만약 외동딸로 태어났다면 지금처럼 유머감각이 없었을지도 모른다고 생각한다. 내가 세 살 되던 해 남동생 에드워드가 태어나고 나서야 나는 유머 기질을 발휘하기 시작했고, 나와 에드워드는 즐거운 한 쌍의 오누이가 되었다. 우리는 말을 처음 배운 순간부터 늘 서로를 웃게 만들었다. 말을 배우기 이전부터 우리는 이미 엉뚱한 기질을 서로 공유하고 있었는지도 모른다.

에드워드는 내가 혼자 책을 읽는 것은 싫어했지만, 내가 재미있는 이야기를 읽어 준다고 하면 반기워했다. 우리는 『이상한 나라의 앨리스』, 『톰 소여의 모험』부터 에드워드 리어의 「네 아이들의 세계일주」까지 똑같은 이야기를 읽고 또 읽었다. 우리는 이야기를 읽다 어린이 네 명의 이름이 나오면 동시에 "바이올렛, 슬링스비, 가이, 라이오넬!"이라고 외치고 바닥에 쓰러져 깔깔대며 웃었다. 나와 에드워드의 이런 말도 안 되는 장난은 식사시간까지 이어졌다. 우리가 장난을 계속하면, 어머니는 우리에게 **바보처럼** 굴지 말라고 이야기하고는 식탁에서 일어나라고 경고를 주었다. 어머니는 우리를 바보라고 부른 적도 없었지만, 우리가 바보짓을 하도록 내버려 두지도 않았다. "형제자매를 바보라고 부르는 사람은 지옥의 불구덩이에 빠진단다." 어머니는 이렇게 말했다. 사실 나는 어머니가 그 누구도 바보라고 부른 것을 들은 기억이 없는데, 대신 "그 아주머니는 어디가 좀 **모자란 것 같아**"라고 내키지 않는 말투로 이야기한 것을 들은 적은 있었다.

에드워드보다 3살 아래인 월터는 나와 에드워드보다 진지한 성격이었다. 긴 유아복을 입혀 놓은 월터는 마치 법복을 입은 판사처럼 보였다. 한번은 월터를 깔깔 웃게 만들어 주려고 월터의 분홍색 아기 욕조 바닥에 크레용으로 얼굴을 그린 다음 욕조를 들고 춤을 춘 적도 있었다. 나는 욕조 뒤에 몸을 가렸기 때문에 월터에게는 아마 욕조를 들고 있는 내 다리밖에 안 보였을 터였다. 에드워드도 월터를 웃겨 주려고 작은 기모노 옷을 입은 월터에게 기모노 소매를 날개처럼 펴고 아버지의 의자 위에서 뛰어 보라고 가르쳐 준 일도 있었다. 월터는 우리 세 명 중에 가장 근엄한 표정을 가진 어른으로 자랐고, 우리들 가운데 성격도 가장 차분했다—다시 말해 아버지의 성격을 가장 많이 닮은 것이 바로 월터였다.

홍역이나 독감에 걸려 위층 침실에 격리되면, 우리는 매 시간 서로에게 쪽지를 썼다. 쪽지 전달은 어머니가 담당했는데, 어머니는 쪽지에 묻은 세균을 죽이기 위해 쪽지를 받자마자 오븐 안에 넣었다. 쪽지는 마치 구운 식빵처럼 따뜻하고, 어떨 때는 그을린 상태로 우리 손에 도착했다. 내가 재미난 쪽지를 보내면 에드워드는 재미난 그림을 그린 답장을 보냈다. 에드워드는 타고난 만화가였다.

스페인 독감이 한참 유행했을 때, 에드워드와 나는 고열 증세를 보여 각각 다른 방에 격리된 적이 있었다. 그때 나는 똑같이 스페인 독감에 걸린 이웃집 친구에 대해 에드워드에게 이런 노래 가사를 써서 보냈다. "린지라는 이름의 어린 소년이 살고 있었지. 린지는 인플루엔지[12]에 걸려 하늘나라로 갔지." 노래 가사를 본 어머니는 경악을 하며 내게 부끄러운 줄 알라고 꾸중을 하고는 쪽지 전달을 거부했다. 그때서야 나는 장난으로 한 이야기의 심각성을 깨닫고 우리가 심각한 병에 걸렸다는 것을 알았다. 하지만 나, 에드워드, 린지는 모두 건강을 되찾았고, 이후 우리보다 심하게 독감을 앓았던 어머니 역시 건강하게 회복했다.

영화 관람은 평화로운 잭슨 마을의 어린이들이 누릴 수 있었던 큰 즐거움이었다. 어린이가 있는 가족들은 최소 일주일에 한 번 저녁마다 영화관을 찾았고, 부모들은 해가 늦게 지는 여름 저녁에 보호자 없이 어린이들끼리 영화를 보러 가는 것을 허락했다. 여학생들은 학교 친구들과 두 명씩 짝지어 일본풍의 양산을 쓰고 공원을 가로질러 시내에 있는 영화관으로 향하곤 했다.

버스터 키튼, 찰리 채플린, 벤 블루 같은 배우들과 키스톤

---

12 웰티는 린지(Lindsey)와 라임을 맞추기 위해 인플루엔자를 인플루엔지(Influenzy)라고 썼다.

칸스[13]를 좋아했던 나와 에드워드는 그들이 등장하는 영화를 보며 배꼽이 빠지도록 웃었다. 내가 코미디 소설을 쓰겠다는 생각을 품게 된 것도 따지고 보면 이런 무성영화가 주는 익살스러움, 그런 익살스러움을 십분 공감할 수 있었던 나의 유머감각 덕분이었다.

무성영화는 다른 여타의 방법으로는 생각할 수 없는 독특한 방식으로 단어를 학습할 수 있는 기회이기도 했다. 그 비밀은 바로 영화자막이었다. 가령 나는 호피 무늬 가죽을 입은 앨리스 브래디가 등장하는 영화 「위기의 북소리」에서 "위기"라는 단어를 처음 접했는데, 그때 형성된 단어의 이미지가 지금까지도 남아있다. 한번은 서부영화가 상영되는 토요일에 무슨 이유에서인지 서부영화 대신 「칼리가리 박사의 밀실」이 상영된 적이 있었다. 그런데 하필 그날 그 영화를 보러 온 관객이 전부 다 어린이들이었다. 나는 그때 공포 속에서 "몽유병자"라는 단어를 익혔고, 지금도 몽유병자라는 단어를 들으면 검은 스타킹을 신고 짧은 앞머리를 한 콘라드

---

13 Keystone Kops, 1900년대 초반 유행한 무능한 경찰들을 풍자한 슬랩스틱 코미디 영화 시리즈.

바이트가 눈을 감은 채 한쪽 팔을 높게 치켜들고 손가락으로 높은 벽을 어루만지며 다가오는 장면이 떠오른다. 물론 우리는 그 영화가 엄청 웃기다는 듯 영화를 보면서 깔깔대고 웃었다. 오늘날 성인 관객들이 으레 그러는 것처럼, 우리는 공포스러운 장면이 마치 웃긴 장면이라도 되는 것처럼 신나게 웃었다.

어떤 사건들은 어른들이 우리를 보호하려고 일부러 이야기해 주지 않았기에 그 의미를 이해할 수 없을 때가 있었다. 그런 사건들은 나름의 경로를 따라 우리 주변까지 다가왔으나, 막상 우리 앞에 직접 그 모습을 드러내지는 않았다. 그것은 마치 거리의 악사가 만들어 내는 음악소리와도 같았다. 악사에게 줄 동전을 준비하고 기다리면 이쪽에서 들려오던 음악이 어느 순간 저쪽으로 사라지고, 악사의 모습도 발견할 수 없었다.

데이비스 학교에 다니던 시절, 우리 집에서 두세 길 건너편에 몸이 아파 집에서 요양을 하는 한 남학생이 있었다. 그 친구가 병치레를 하던 해 잭슨에 서커스단이 방문했는데, 누군가 서커스단에게 그의 이야기를 전해 서커스단이 원래 지나는 경로 대신 그의 집 앞을 지나 축제장으로 향하게 되었다. 그 친구는 창문에 붙어 서커스단이 지나가는 모습을 구경했다. 육중한 코끼리, 각종 깃털과 스팽글로 장식한 배우, 곡예사, 어릿광대, 철창 안에 있는 사자, 풍악을 울리는 악사, 증기오르간이 모두 그 친구를 위해 그 길을 지나고 있었다! 그러나 그 친구는 이런 엄청난 특혜를 누릴 수 있었던 바로 그 질병으로 인해 얼마 후 세상을 떠나고 말았다. 우리는 그 친구의 죽음을 도저히 받아들일 수가 없었다. 서커스단이 음악을 연주하며 그 친구의 집 앞을 지난 것은 축하가 아닌 속임수였고, 우리가 그 친구를 부러워했던 것도 속임수였다. 우리는 배신당한 것이었다.

행진이 지나가는 모습에서 불길한 기분이 느껴지는 것은 그저 허무맹랑한 느낌이 아니다. 나는 그때 그 서커스단의 행진에서 그런 기분을 느꼈다. 「하멜른의 피리 부는 사나이」 역시 그것을 명백하게 보여 주는 증거다. 영화나 소설에서 관중들이 거리에 운집하거나, 가두 행진이 모퉁이를 돌아 큰길에 들어서는 모습을 보면 사람들은 그들에게 불신과 불안의 눈초리를 보낸다. 관중들이 모인 의도, 행진을 하는 의도가 아직 밝혀지지 않았기 때문이다. (너새니얼 호손의 소설 「나의 친척, 몰리네 소령」에 묘사되는 군중들의 행진을 생각해 보자.)

내가 쓴 거의 대부분의 소설에는 즉흥적인 것이든 조직적인 것이든, 즐기는 것이 목적이든 죽음을 기리는 것이 목적이든 가두 행진이나 행렬이 어떤 형태로든 등장한다. 행진의 출현은 이야기가 진행상 어떤 단계에 도달했음을 뜻한다. 행진은 오래전에 시작된 일이 비로소 표출된 것이다.

나와 남동생들에게는 비슷한 유머감각이 있었다. 하지만 그렇다고 해서 우리가 서로 화를 내고 다투지 않았던 것은 아니었다. 사실 우리는 다들 욱하는 성질을 갖고 있었다. 아이들끼리 다툴 때면 에드워드는 여자든 어린 아기든 일단 때리려는 습성이 있었고, 분노로 고함을 지르거나 뭔가를 이빨로 물려고 했다. 반면 월터는 화가 났을 때도 신중하고 현실적으로 문제 해결방법을 찾았다. 한번은 월터가 자신을 졸졸 따라다니는 것이 짜증스러웠던 에드워드가 월터를 지하실에 가둬 버린 일이 있었다. 월터는 갇혀 있던 지하실 안에서 도끼를 발견했고, 어른들이 오기 전에 이미 지하실 문에 도끼로 구멍을 만들었다.

나는 다른 사람을 일부러 때린 적은 없었다. 나는 대신 화풀이할 물건을 찾았다. 한번은 공원에 있는 커다란 너도밤

나무 꼭대기에 올라갔다 아래로 내려갈 수가 없어 오도 가도 못 하고 나무 위에 있었던 적이 있었다. 나는 소리를 지르며 머리로 나무를 들이받고 (움직일 수 있는 신체 부위가 머리밖에 없었으므로) 있는 대로 화를 냈지만, 가족들은 오히려 나무 아래서 나를 놀리며 다른 사람이 도와줄 방법이 없으니 내가 알아서 내려와야 한다고 말했다. 나는 언제나 나 자신에게 화가 났다. 사춘기 때 나는 화가 나면 책상 서랍을 쾅 닫거나 여행 가방을 내던지곤 했다. 한바탕 난리를 치고 나면 어지러뜨린 것을 직접 치워야 했다.

우리는 비록 완벽하지는 않지만 분노를 통제하는 법을 터득했다. 우리는 이런저런 일에 화를 내고 좌절을 경험하면서 누군가는 일찍, 누군가는 그보다 훗날 분노를 조절할 수 있게 되었다. 우리는 어떤 일에는 초연해졌고, 다른 일에는 그렇지 못했다.

"대체 너희들이 누굴 닮아서 그런지 모르겠다." 어머니는 이렇게 말했다. "나는 한 번도 화를 낸 적이 없단다. 물론 기분이 상한 적은 있었지." (하지만 그게 그거였다.)

그러다 딱 한 번, 어머니가 할 말은 해야겠다는 목소리로 이렇게 말했다. "네 아버지가 예전에는 화를 많이 냈던 것 같구나. 물론 오래전에 화를 참는 법을 터득했지만 말야."

나는 아버지가 화가 나서 도끼를 휘두르는 모습을 상상해보았다. 하지만 도끼로 지하실 문에 구멍을 낸 월터마저도 아버지가 도끼를 휘두르는 모습을 상상할 수 없었다고 했다.

내가 경험했던 강력한 감정들 가운데 분노는 내 작품 안에서 가장 존재감이 적은 감정이다. 나는 분노를 이야기하는 소설은 쓰지 않는다. 그 첫 번째 이유는 소설가의 입장에서 봤을 때 내게 적 ─ 시간이라는 적을 제외하면 ─ 이 없기 때문이고, 두 번째 이유는 글쓰기라는 행위 자체가 내게 행복을 주기 때문이다.

딱 한 번 분노가 소설 집필의 동기가 된 적이 있었다. 1960년대 무렵 잭슨에서 민권운동가 메드가 에버스가 한밤중에 살해된 사건이 발생했을 때였다. 사건이 발생한 날 저녁, 나는 살인자(아직 범인의 신원 파악이 되지 않은 상태였다)를 주인공으로 한 「이 목소리는 어디에서 들려오는가?」라는 소설을 썼다. 처음에는 분노의 감정이 나를 압도했으나, 이야기를 진행할수록 이해할 수 없고 혐오스럽게 느껴졌던 주인공의 마음속을 들여다보는 것이 불가피해졌다. 나는 상상력을 최대한 동원해 1인칭으로 이야기를 전개했다. 이는 소설가이기 때문에 누릴 수 있었던 혜택이었다. 다른 사람의 마음속을 들여다보는 것은 모든 소설가들에게 첫 단추이자 마지막 단추와도 같은 단계이며, 모든 소설 집필에 필수적인 작업이다. 그 소설의 요지가 얼마나 잘 전달되었는지는 모르겠다. 연민과 교감을 통해 보여 줄 수 없었던 인간의 모습은 분노를 통해서도 보여 줄 수 없었다.

어머니는 우리를 키우면서 우리가 갖고 싶어 하는 것이 있으면 그것이 무엇이 되었든 두 팔을 걷고 적극적으로 나섰다. 만약 우리가 갖고 싶어 하는 것이 좋은 것이면(어머니는 그것이 정말 좋은 것인지 꼼꼼히 확인했다), 아무리 큰 희생이 따르더라도 우리가 그것을 갖게 해주었다. 어머니는 기본적으로 단호한 성격의 사람이었다. 어머니는 우리 대신 세상과 맞서 싸울 준비가 되어 있었다. 과거의 어머니에게 세상은 위험한 곳이었기에, 어머니는 우리에게 세상이 무서운 곳이라는 인식을 심어 주고자 했다. 우리는 어머니의 사랑을 의심하지 않되, 동시에 그 엄청난 사랑을 소중히 여길 수 있는 방법을 의식적으로 찾아야 했다. 우리는 이내 어머니의 사랑을 저만의 방식으로 이해하고, 존경하고, 복잡한 관계로 받아들이는 방법을 ──적어도 부분적으로나마 ──터득했다.

　내가 소설가가 된다고 했을 때 어머니는 안도한 눈치였다.
어머니의 생각에 글쓰기는 위험한 일이 아니었기 때문이다.

2부

자세히 보기
LEARNING TO SEE

우리 가족이 5인승 오클랜드 투어링 카를 타고 오하이오와 웨스트버지니아에 있는 친척들을 방문하던 그해 여름, 어머니는 여행길 내내 항해사 역할을 했다. 어머니는 조수석에 앉아 지도책과 속도계를 번갈아 바라보며 옆에 앉은 아버지에게 길을 알려 주고 무릎 위에 앉혀 놓은 어린 남동생까지 돌봤다. 어머니는 이렇게 말했다. "자 어디 볼까요. '86-2에서 네거리, 흰색 교회건물이 나올 때까지 직진. 자갈길 끝'이군요. 저기 교회가 보이네요!" 어머니는 마치 득점이라도 한 마냥 자신 있게 말했다. 어머니에게 길은 정복의 대상이었다. 달리던 도로가 점점 좁아지다 막다른 길이 되는 바람에 1.5킬로미터 넘게 후진해 돌아올 때면 어머니는 이렇게 말했다. "그럴 줄 알았어요. 이렇게 생겨 먹은 길은 애초에 가는 게 아니었어요."

그러면 아버지는 이렇게 대답했다. "오늘 지나갔던 길 중에 제대로 된 방향으로 가는 길은 이 길뿐이었어요." 아버지는 전에 기차를 타고 지나갔던 길을 익숙하게 알고 있었고, 방향감각도 말도 못 하게 정확했다. 문제는 우리 앞에 놓인 길이 "이리저리 돌아가는 시골길"이었다는 사실이었다.

차 뒷좌석에 앉은 나와 남동생들의 머리 위에는 베갯잇에 넣은 어머니의 모자가 대롱대롱 매달려 있었다. 모자는 차가 둔덕을 지날 때마다 위로 아래로 흔들렸고, 천장에 머리를 부딪힐 정도로 차가 크게 흔들릴 때면 모자는 의기양양하게 우리의 머리와 귀를 툭툭 건드렸다. 내 기억에 이때는 1917년 아니면 1918년이었다. 조신한 여성은 여행 중에도 반드시 모자를 챙겨야 했다.

에드워드와 나는 뒷좌석 앞에 실은 여행 가방 위에 다리를 쭉 뻗은 채 여행을 즐겼다. 나머지 여행 가방들은 차 문 밖에 있는 자동차 발판 위에 스트랩으로 고정시켰다. 그 당시 자동차에는 트렁크가 따로 없었다. 뒷좌석 아래 보관된 정비 공구는 차가 둔덕을 지나면 마치 당김음처럼 한 박자 늦게 덜컹거리는 소리를 냈다. 아버지가 잭으로 자동차를 들어 올려 타이어를 수리하거나 견인용 밧줄, 타이어체인을 끼울 일이 생기면 우리는 뒷좌석에서 일어나 차 밖으로 나갔다. 앞이 안 보일 정도로 폭우가 내려 차가 움직이지 못하면 우리는 방수 커튼 뒤에서 "스무고개" 놀이를 했다.

어머니는 비록 천성적으로 관찰력이 뛰어난 편은 아니었으나 주변을 세심히 살필 줄 알았다. 어머니가 주변을 살피는 것은 어머니가 알고 있는 정보, 또는 사람들이 이야기하는 정보가 맞는지 틀린지 확인하는 것이 목적이었다. 아버지는 길 위에 시선을 고정한 채 지평선과 머리 위의 하늘을 곁눈질했다. 에드워드는 뒷좌석에서 앉았다 일어섰다 하며 「맥도널드 노인의 농장」이나 「압둘 불불 아미르」 같은 노래를 하모니카로 연주했다. 어머니의 무릎 위에 잠든 월터는 차가 오래된 다리를 지나 덜컹거릴 때면 잠에서 깨 이렇게 외쳤다. "저기 강이 있어요!" 그러면 어머니는 "그러네, 강이 있네"라고 말하며 월터를 안심시키고 월터의 등을 두드려 다시 잠들게 했다. 나는 최면에 빠진 사람처럼 시속 40킬로미터의 속도로 흔들리며 지나가는 풍경에 두 눈을 고정하고 꼼짝도 하지 않았다. 우리는 모두 장거리 여행에 대비해 담요를 돌돌 말고 그 속에 누에고치처럼 폭 파묻혀 있었다.

오하이오와 웨스트버지니아로 가는 길은 각각 일주일이 걸렸는데, 부모님은 그 도합 이주일의 매일매일을 기대감으로 보냈다. 뒷좌석에 앉아 아버지의 어깨와 헌팅캡 아래로 보이는 머리를 바라보고 있으면 아버지가 얼마나 서둘러 그 길을 가고 싶어 하는지 알 수 있었다. 이런 아버지를 제지하려면 어머니의 간섭이 필요했다. 한번 글을 쓰면 멈출 수 없는 나의 초조한 에너지는 사실 이런 아버지로부터 물려받은 것이었다. 나는 여행을 하면서 아버지의 마음속에 늘 오하이오가, 어머니의 마음속에 늘 웨스트버지니아가 있음을 이해할 수 있었다. 작가가 글쓰기에, 여행자가 여행에 매료되는 이유는 그들이 각자 어디로 향하는지 알고 있기 때문이다.

목적지에 거의 다 왔다 싶을 때마다 우리는 사실 굉장히 느린 속도로 이동하고 있다는 것을, 아직 목적지는 한참 남았다는 것을 깨달았다. 처음 자동차 여행을 하던 해, 어머니는 일지에 자랑스러운 기록을 남겼다. "오늘 이동한 거리: 259킬로미터!"—어머니는 뒤에 느낌표 찍는 것을 잊지 않았다.

"어제는 디트로이트에서 온 차가 우리를 지났다." 어머니는 이동 시간, 이동 거리, 지나온 경로, 현재까지 발생한 비용 등을 꼼꼼하게 기록했다.

나는 이 같은 자동차 여행 덕분에 경계선이라는 존재를 인식했다. 차를 달리다 보면 경계선을 만날 준비를 해야 했다. 강을 건너고, 카운티와 주의 경계를 지날 때면 — 특히 미국 남부와 북부를 나누는 눈에 보이지는 않지만 마음속에 실재하는 경계를 지날 때면 — 심호흡을 한 뒤 경계를 지나기 전과 후의 차이를 실감했다.

지도책에는 페리선 승선 시간과 주의사항이 나와 있었다. 시간을 잘 맞추지 않으면 다음 페리선을 한 시간 넘게 기다려야 할 수도 있었다. 시골길과 마찬가지로 강도 구불구불 흘렀기 때문에, 어떤 강을 완전히 지나려면 페리선을 세 번이나 타야 했다. 강둑 아래로 내려가면 누군가의 집 뒷마당만 한 아담한 크기의 페리선이 우리를 기다리고 있었다. 자동차가 페리선 안으로 이동하면 — 대개의 경우 자동차는 자갈과 돌이 깔린 비포장 강둑길을 따라 널빤지 두 개로 만든 트랩을 건너 선내로 진입했다 — 아버지와 우리들은 차 밖으로 나와 페리선 여행을 즐겼다. 나와 에드워드는 물에 젖어 있지만 햇볕으로 따뜻해진 뱃전 위에 맨발로 서 있곤 했다.

자동차 무게로 뱃전이 기울어져 뱃전과 수면의 높이가 같아지는 바람에 우리의 두 발 위로 강물이 차올랐다. 이런 페리선 중에 일부는 사공 혼자서 두 손으로 번갈아 밧줄을 잡아당겨 강을 건너는 것도 있었는데, 사공의 밧줄은 마치 옥수수 껍질로 만든 밧줄마냥 약하고 닳아 보였다.

나는 사공의 손에 쥐어진 해어진 밧줄을 유심히 보았다. 우리가 강 건너편에 닿기도 전에 그 밧줄은 이미 끊어질 것 같았다.

"괜찮아, 끊어지지 않을 거란다." 아버지가 말했다. "지금까지 한 번도 끊어진 적 없죠?" 아버지가 사공에게 물었다.

"없고말고요."

"들었지? 지금까지 끊어진 적이 없으니, 이번에도 끊어지지 않을 거야."

아버지는 늘 이래도 잘될 것이고 저래도 잘될 것이라는 믿음을 갖고 있었다. 내가 아프다고 하면, 아버지는 이렇게 말했다. "전에도 아픈 적이 있었니? 그렇다면 죽을병은 아니라는 말 아닐까? 전에도 똑같이 아픈 적이 있었다니 내일 아침이면 다시 말짱해질 거야."

어머니는 이런 아버지의 말에 전혀 동조하지 않았다.

"어쩜 저리도 낙천적이실까." 어머니는 종종 한숨을 쉬며 말했다. 그때 그 페리선을 탔을 때도 마찬가지였다.

"당신은 참 비관적이란 말이죠."

"맞아요, 난 비관주의자예요."

하지만 어머니와 아버지 사이에서 이 대화를 듣고 있던 나는 (그때 내 발 위로는 강물이 낙낙하게 흐르고 있었다) 사실 최악에 대비하는 사람은 낙천적인 아버지고, 저돌적인 사람은 비관적인 어머니라는 것을 잘 알고 있었다. 아닌 게 아니라, 우리가 여행 중 호텔에 묵을 때 화재에 대비해 체인, 밧줄, 도끼 등을 방 위층에 가져다 둔 사람은 다름 아닌 아버지였다. 반면, 어머니는 내가 태어나기 전 **실제로** 화재가 났었을 때 집 안에 들어가는 것을 말리는 사람들의 손을 뿌리치고 목발을 짚은 상태에서 불 속으로 뛰어들어 디킨스 소설책 24권을 전부 창문 밖으로 던지고 어머니 자신도 창문 밖으로 뛰어내렸다고 했다. (아버지는 그때 창문 밖으로 던져진 책을 받았다.)

"나는 물 공포증이 있다는 사실을 감추지 않아요." 어머니는 이렇게 말하며 월터를 꼭 끌어안은 채 자동차 밖으로 한 발도 나오지 않았다. 월터가 훗날 소해정을 타고 태평양 바다를 누빌 팔자라는 것은 그때 아무도 몰랐다.

해 질 무렵이 되면 아버지는 천천히 차를 몰았다. 아버지는 마을을 찬찬히 둘러보며 여러 호텔을 비교하고 우리가 어느 곳에 묵는 것이 가장 안전할지 판단했다. 큰 마을이든 작은 마을이든 모든 마을에는 시작과 끝이 있고, 정해진 경계가 있고, 그 경계를 지나면 처음 보는 것 같은 낯선 시골 풍경이 나타났다. 각각의 마을은 온전하고 고유한 존재였다. 마을은 마치 식탁 위에 놓인 둥근 접시처럼 하나의 완전한 형태를 띠고 있었다. 마을 초입에는 마을을 가로질러 중심가로 갈 수 있는 길이 있어 그 길을 따라가다 보면 마을을 전부 다 둘러볼 수 있었다. 마을도 사람과 마찬가지로 각자 고유한 정체성이 있기 때문에 상상력을 발휘하면 그 마을의 정체성을 볼 수 있었다. 모든 마을에는 집과 마당과 벌판이 있고, 그곳에서 바쁘게 일하는 사람들, 그곳에서 삶을 꾸려 나가는 사람들이 있었다. 마을에 있는 시계탑에서는 종소리가 울려 퍼지고, 빵가게에서는 빵 굽는 냄새가 솔솔 퍼졌다. 가까이에서 관찰한 마을의 모습은 마음속에 뚜렷하게 남아 잊히지 않았다. 시속 50킬로미터로 달리던 자동차의 속도를 30킬로미터로 늦추고 시내 중심가를 천천히 지나다 보면 모든 것이 뚜렷하게, 길가 양옆에 있는 모든 것이 하나하나 분명하게 눈에 들어왔다. 이 같은 "이리저리 돌아가는 시골길" 덕분에 나는 목적지로 가는 길과 돌아오는 길을 속속들이 알 수 있었다.

우리 모두에게 여행은 매 순간 즐거워야 했음에도 불구하고 어머니는 단 한 번도 여행을 마음 편히 즐기지 못했다. 그 이유는 바로 운전석 도어포켓 안에 장전된 권총 한 자루가 있기 때문이었다. 나는 아버지가 단 한 번도 실제로 방아쇠를 당겨 본 적은 없으리라 생각하지만, 어쨌든 호신용 무기 하나 없이 처자식을 데리고 미시시피 잭슨에서 웨스트버지니아와 오하이오를 오가는 것은 아버지에게 상상할 수 없는 일이었을 것이다.

웨스트버지니아에 있는 외할머니를 방문한 것이 올해가 처음은 아니었지만, 이곳을 처음 왔었을 때의 기억은 사실 거의 없다. 내가 지금 서 있는 집은 어머니가 태어나고 어린 시절을 보냈던 곳으로, 외할아버지 네드 앤드루스가 동네에서 가장 높은 산꼭대기에 직접 지은 주택이라고 했다. 아담한 높이의 목조주택은 회색빛의 건조 목재로 지어진 것으로, 집의 한가운데는 채광이 훌륭한 넓은 복도가 양쪽으로 늘어서 있었다.

"바로 여기서 디킨스의 소설책을 처음으로 읽었단다." 어머니가 침대 아래를 가리키며 말했다. "저 아래서 촛불 불빛을 가리고 책을 읽었어. 내가 밤새 책을 읽는 걸 비밀로 하고 싶었거든."

"그 디킨스 책은 누가 다 줬어요?" 그게 늘 궁금했다.

"내가 머리를 자르는 조건으로 아버지가 디킨스 전집을 사주셨단다." 어머니는 내가 당연한 것을 궁금해한다는 말투로 대답했다. "옛날 사람들은 머리를 너무 길게 기르면 머리가 어린아이들의 영양분을 뺏어간다고 생각했거든. 하지만 난 '싫어요!'라고 했지. 머리를 길게 기르고 싶었으니까. 그러자 부모님이 금으로 된 귀걸이를 사주신다고 했어. 그 당시 내 또래 여자아이 사이에는 귀를 뚫고 금 귀걸이를 하는 것이 유행이었거든. 하지만 난 또 '싫어요!'라고 했어. 귀걸이를 하는 것보다 머리를 길게 기르고 싶었거든. 그러자 아버지가 이렇게 말했어. '그럼 책은 어떠냐? 찰스 디킨스 소설 전집을 사주마. 볼티모어에 있는 서점에 주문하면 소포를 통해 보내줄 거다.' 난 그제서야 좋다고 했단다."

외할아버지는 클레이 카운티 변호사 협회의 최연소 변

호사였으며, 변호사 외에 연설가로도 큰 명성을 얻은 바 있는 분이었다. 웨스트버지니아 니콜라스 카운티에서 군청사를 새로 개관하자 외할아버지가 그곳에서 기념 연설을 했는데, 어머니가 그 연설 내용을 옮겨 적어 둔 글이 있었다. 외할아버지 연설의 요지는 청사의 건축 양식이 훌륭하다는 거였다. "사람들은 구세계 아테네와 알렉산드리아의 허물어져가는 기둥 대신 신세계 미국의 대칭적이고 웅장한 신전을 바라보며 안도합니다. 시간은 태곳적 위대함을 기록한 과거의 묘비를 갉아먹고 피라미드를 망각의 이끼로 덮어 버립니다. 시간의 시선은 이제 예술과 진보의 새로운 사원으로 향할 것이며, 미국은 세상을 비추는 거대한 횃불이 될 것입니다."

이 같은 화려한 미사여구의 연설을 당연하게 생각했던 사람들도 외할아버지의 변호 실력을 접하고는 혀를 내둘렀다고 한다. 외할아버지가 한 노인의 살인 사건을 맡았을 때의 일이었다. 문제의 노인이 한 점쟁이를 찾아가 카드 점을 보았는데, 앞으로 살날이 얼마 안 남았다는 점괘가 나왔다. 그런데 바로 다음 날, 그 노인은 자신의 침대 위에서 총에 맞아 숨진 모습으로 발견되었고, 사람들은 점쟁이가 노인의 미래를 너무 많이 알고 있었기 때문이라며 점쟁이를 범인으로 지목했다. 점쟁이는 살인 사건으로 재판에 회부되었다. 외할아버지는 노인이 늘 장전된 총 한 자루를 베개 머리맡에 놓아두었다는 증거를 제시하며 점쟁이의 무죄를 주장했다. 침대 위에서 조금만 잘못 움직여도 총이 쉽게 발사될 수 있으므로 노인은 아마도 머리맡에 있는 총에 맞아 죽었을 것이라는 게 외할아버지의 주장이었다. 외할아버지는 미심쩍어하는 배심원들에게 자신이 직접 증명해 줄 테니 와서 보라고 제안했다. 외할아버지는 배심원들을 데리고 노인이 살던 산꼭대기 산장을 찾아가 공포탄을 장전한 총을 침대 머리맡에 놓아두고 배심원들이 지켜보는 가운데 당시의 상황을 재연하며 침대 위로 털썩 올라가 앉았다. 장전된 총은 침대 바닥 아래로 떨어졌고, 외할아버지 쪽을 향해 공포탄을 발사했다. 사건은 그렇게 종결되었다. 범인으로 지목되었던 점쟁이는 그 즉시 무죄로 풀려났다.

외할아버지는 팔방미인의 능력자였다. 외할아버지는 트리니티 칼리지(훗날 듀크 대학교) 졸업생으로 재학 당시 문학회를 조직했다. 졸업 후에는 자유롭고 모험적인 삶을 찾아 버지니아 노포크와 웨스트버지니아에서 기자와 사진기자 생활을 했으며, 이후 변호사로서의 새로운 삶을 시작했다. 버지니아와 웨스트버지니아에서 지낼 때는 전설적인 낚시꾼으로 이름을 날린 과거가 있어 지금도 종종 낚시인들 사이에서는 외할아버지의 모험담이 회자되곤 한다. 외할아버지가 벌을 무서워하지 않는다는 것을 아는 사람들은 야생 벌집을 제거할 일이 생기면 외할아버지를 부르곤 했다. 누군가 술에 취해 우물에 빠지면 사람들은 외할아버지부터 찾았다. 우물 밑으로 내려가 정신을 잃은 사람을 용감하게 구조해 낼 수 있는 사람이 외할아버지뿐이었기 때문이다.

어머니는 다른 사람들의 인간적인 결점은 절대 용인하지 않아도 외할아버지의 결점은 자비로운 마음으로 이해했다. 나는 ― 오랫동안 관찰한 결과 ― 외할아버지가 종종 술을 마신다는 결론에 도달했다. 뿐만 아니라, 외할아버지는 외할머니에게 허풍스러운 이야기도 곧잘 했다. 외할아버지는 외할머니와 결혼하기 위해 법적인 나이가 지났다고 거짓말을 한 적도 있는데, 그때 외할아버지는 19세로 외할머니보다 4살이나 연하였다. 외할머니가 미신을 믿는 것을 알고 짓궂은 장난을 치거나, 외삼촌들 중 누군가를 꼬드겨 외할머니에게 귀신이 나오는 장난을 친 일도 있었다. 앤드루스 조상 중에 아일랜드에서 교수형을 당한 사람이 있다는 말로 외할머니에게 충격을 주기도 했다. (어머니는 이 이야기가 거짓말이라는 증거가 없다고 했다.) 외할머니의 아버지는 아주 독실한 침례교 전도사였던 반면, 외할아버지는 종교나 독실함과는 거리가 멀었다. 나는 외할아버지가 페로타이프로 찍은 외할머니의 사진을 여러 장 본 적이 있는데, 실물로 보이는 외할머니의 아름다움을 있는 그대로 담아내기 위해 꽤나 공들인 사진임을 한눈에 알 수 있었다. 그 사진들 가운데는 한쪽 손등을 다른 쪽 손바닥으로 가리고 의자 뒤에 서 있는 외할머니의 모습을 담은 사진이 있었다. 사진 속 외할머니는 옷을 말쑥하게 차려입고, 계란형 얼굴의 정수리에 검은색 머리카락을 바짝 올려 묶은 뒤 들장미처럼 보이는 꽃을 머리에 꽂았다. 외할머니의 얼굴은 퍽 앳돼 보였다. 회색 눈동자와 가로로 긴 눈, 우뚝 솟은 광대뼈가 담긴 얼굴은 바로 앞을, 그러니까 사진을 촬영하는 외할아버지를 정면으로 바라보고 있었다. 외할머니의 입매에는 섬세한 감수성이, 입술에는 충만한 젊음이 엿보였다. 외할머니가 훗날 어머니에게 일러 주기를 당신이 그때 임신 중이라 사진 찍는 것을 처음에는 반대했었으며, 사진 속의 포즈—의자 뒤에 서서 손을 앞에서 모으고 있는 포즈—는 임신한 배를 가리기 위해서였다고 했다. (나는 사진 속 외할머니의 뱃속에 있는 아이가 첫째 자녀, 즉 어머니인지 궁금했다.) 어머니는 이 사진을 볼 때마다 사진 속 외할머니의 고운 손을 보며 외할머니가 추운 겨울날 아침 우물에 물을 길러 다녀오면 꽁꽁 언 얼음을 손으로 깨느라 손에서 피를 흘리곤 했다고 이야기했다.

누구로부터 물려받은 것인지, 또 지금은 누가 물려받았는지 모르지만 한때 앤드루스 집안의 가계도가 어머니 수중에 들어온 적이 있었다. 손으로 직접 그린, 오래된 그 가계도는 돌돌 말려 있어 말린 것을 풀어도 그 즉시 도로록 감기며 말린 상태로 돌아갔다. 가계도에는 뿌리부터 몸통, 나뭇가지, 잔가지, 나뭇잎까지 윤곽이 섬세하게 묘사된 나무가 한 그루 그려져 있고, 그 위에는 기울어진 필기체로 사람들의 이름과 날짜가 적혀 있었다. 그중 가장 시선을 사로잡았던 부분은 몸통 아랫부분에서 자라 나온 두꺼운 나뭇가지였다. 잔가지나 나뭇잎 하나 없는 그 나뭇가지는 짧게 부러져 있고, 부러진 끝은 삐죽삐죽했으며, 가지 위에는 이렇게 쓰여 있었다. "조셉, 벼락 맞아 사망."

짐작하기로 그 가계도는 최고급 품질의 펜과 잉크로 그린 듯했으나, 잉크의 색깔은 마치 물을 섞은 메이플 시럽처럼 옅게 바래져 있었다. 나뭇잎은 획일적인 각진형이나 타원형이 아니라 하나하나가 우아하게 그려졌으며, 나뭇잎의 끝은 뾰족하고 나뭇잎의 방향은 마치 산들바람에 흔들리는 것처럼 이쪽저쪽 다른 방향을 보고 있었다. 그 가계도의 나무는 마치 어머니의 이름이 숨겨진 퍼즐처럼 보였다. 나무에는 내 이름도 있었는데, 내 이름이 그려진 나뭇잎은 나무 맨 꼭대기에 있는 나뭇가지의 잔가지에 붙어 있었으며, 겨우 이름을 쓸 공간만 있는 아주 작은 이파리였다.

영국계, 스코틀랜드계, 아일랜드계와 프랑스 위그노계의 혈통을 물려받은 외가는 미국 남동부에서 상당히 흔한 형태의 혼혈 가문이었다. 외가 쪽 조상들 가운데 최초의 미국인은 아이샴 앤드루스로, 버지니아주 출신으로 미국 독립전쟁에 참전하기도 했던 그분은 훗날 조지아주로 터전을 옮겼고, 그때부터 앤드루스 집안은 대대로 조지아주에 살았다. 웰티 집안도 마찬가지지만 앤드루스 집안은 시골 마을이 아닌 도시에서 살았고, 조상들 가운데는 교육자, 전도사와 일부 감리교 순회 목사들이 있었다. 외할아버지의 사촌 월터 하인즈 페이지는 영국 대사를 지냈고, 외할아버지를 포함한 몇몇은 트리티니 칼리지를 졸업했다. 1862년 나의 외할아버지인 에드워드 '네드' 라보토 앤드루스가 태어났을 무렵 가족들은 버지니아주로 돌아갔다. 하지만 외할아버지는 열여덟 살이 되던 해 부모님, 조부모님, 형제자매와 고모들이 살고 있는 버지니아 노포크를 떠나 앤드루스 집안에서는 최초로 웨스트버지니아에 터전을 마련했다.

　바로 이곳 부엌 가운데에 있는 길쭉한 식탁에서 어머니의 가족들은 항상 식사를 했고, 외할머니는 식탁에서 조금 떨어져 있는 화덕에서 음식을 준비하느라 분주했으며, 외할아버지는 변론 준비를 위한 문서를 검토하곤 했다. (외할아버지가 출석하던 클레이 법원은 산 아래에 있어 집에서는 보이지 않았다.) 어머니의 기억에 외할아버지는 그 식탁에 앉아 음악을 편곡한 적도 있었다. 외할아버지는 악기를 마련하고, 밴드를 조직하고, 사람들에게 악기 연주하는 법을 가르치고, 청사 잔디밭에서 연주도 했었다고 한다. 음악은 외할아버지의 삶에 있어 필수불가결한 존재였다. 외할아버지는 어머니와 외삼촌들에게도 악기를 하나씩 가르쳤는데, 어머니는 코넷[1]을 배웠다. (어머니는 설거지를 하면서 찬송가 「예수로 나의 구주 삼고」

1 소프라노 음역을 담당하는 금관악기.

를 부를 때 고음을 반음 낮게 부르는 버릇이 있었는데, 나는 그 이유가 어머니가 어렸을 때 코넷을 배웠기 때문이라는 것을 알았다.)

외할아버지는 거실에 있는 이 퀼트 침대에 누워 맹장 감염의 고통을 견뎠는데(외할아버지는 결국 맹장 감염으로 세상을 떠났다), 한번은 어린 어머니에게 식칼을 가져와 옆구리를 찔러 달라고 말했다. 어머니는 마치 최면에 걸린 것처럼 외할아버지의 말을 철썩 같이 믿고 외할아버지가 시킨 대로 하려고 했다. 모든 것이 꽁꽁 얼어붙은 어느 추운 겨울날, 외할아버지의 병세가 심각해져 병원을 가야만 하는 상태가 되자 어머니는 결국 외할아버지를 데리고 집을 나섰다. 하지만 산길은 통행이 불가능했고, 엘크강에는 드문드문 얼음이 떠다녔다. 그때 한 이웃 아저씨가 뗏목을 태워 주겠다고 제안했다. 그때 어머니의 나이는 고작 열다섯 살이었다. 어머니는 외할머니와 다섯 외삼촌을 집에 남겨 두고 외할아버지와 단둘이 길을 나섰다. 어머니는 외할아버지를 뗏목 위에 눕히고 그 옆에 앉았다. 뗏목 위에는 외할아버지의 체온을 유지시켜 줄 작은 모닥불이 있었다. 이웃 아저씨는 뗏목을 저어 꽁꽁 얼어붙은 강을 건너 어머니와 외할아버지를 기차역으로 데려다주었고, 어머니와 외할아버지는 그곳에서 기차를 탔다.

(아마도 그 기차역은 내가 세 살 때, 시금은 거의 기억나지 않지만 이곳에 처음 왔을 때 어머니와 함께 도착했던 그 기차역인 것 같다. 그때는 초여름 새벽이었다. 모든 것이 안개 속에 뿌옇게 가려져 있었던지라 나와 어머니는 강둑 위에 서 있었지만 나는 그곳이 어디인지 몰랐다. 어머니가 철로 만든 종에 달린 밧줄을 잡아당기자, 안개 속에서 조각배 한 척이 나타났고, 그 배 안에는 다섯 명의 외삼촌들이 앉아 있었다.)

어머니는 아버지의 시신이 담긴 관을 가지고 다시 같은 기차 편을 타고 집으로 돌아갔다. 외할아버지는 당시 서른일곱의 나이에 맹장 파열로 존스홉킨스 병원의 수술대 위에서 생을 마감했다. 외할아버지가 혼수상태에 빠지기 전 어머니에게 남긴 마지막 말은 "의사들이 나를 수술대 위에 묶어 두면 난 죽고 말 거다"였다. (수술을 마친 의사는 복도에서 기다리고 있는 어머니에게 와 이렇게 말했다. "애야, 볼티모어에 있는 가족들에게 연락을 하는 게 좋겠구나." 어머니가 대답했다. "선생님, 저는 볼티모어에 가족이 없어요." 깜짝 놀란 의사는 "집이 '볼티모어'가 아니란 말이니?"라고 했고, 어머니는 그때 그 의사가 놀라던 표정을 잊을 수 없었다고 이야기했다.)

이후 어머니는 계속 이 집에 살면서 한 작은 마을 학교에서 산골 학생들에게 공부를 가르쳤다. 학교의 학생들은 나이 대가 다양해서 어떤 학생들은 어머니보다도 나이가 많았다. 어머니가 첫 수업을 하던 날, 어머니가 어머니보다 연상인 학생들에게도 매를 들 수 있는지 궁금했던 학부모들이 수업을 구경하러 왔다. 어머니는 학생들에게 말을 안 듣거나 공부하기를 거부하면 얼마든지 매를 들 생각이라고 말하며, 학부모들이 보고 있다고 해서 눈치를 보는 일도 없을 것이라고 말했다. 이처럼 톡톡한 신고식 덕분에 어머니는 학생들을 꽉 잡을 수 있었다. 어머니는 매일 아침마다 말을 타고 집을 나섰다. 학교에 가려면 강을 건너야 했기 때문에, 외삼촌이 어머니와 함께 집을 나섰다가 강가에서 어머니의 말을 데리고 집으로 돌아왔다. 어머니는 배를 타고 직접 노를 저어 강을 건넜다. 어머니가 귀가할 때가 되면 외삼촌이 어머니의 말과 함께 강가로 마중을 나갔다. 어머니는 집과 학교를 오가는 시간에 지루함을 이기려고 교과서에 나오는 시를 암송했다고 했다.

　나이가 들어 거동이 불편하고 앞이 잘 보이지 않게 되었을 때, 어머니는 침대에 누워 그때 암송했던 시를 외우곤 했다. 시를 읊는 어머니의 목소리에는 여운과 단호함이 배어 있었고, 오랜 열정과 격렬한 감정마저 엿볼 수 있었다. 나는 그 모습을 통해 어머니로부터 또 하나의 ─사실 마지막의─ 교훈을 배웠다. 인간의 감정은 늙지 않는다는 교훈이었다. 나는 어머니 나이가 되면 나도 그 감정을 느낄 수 있으리라 생각했다. 그리고 지금 그 감정이 무엇인지 느끼곤 한다.

어머니는 선생님 일을 통해 조금씩 돈을 모았고, 그 돈으로 매년 여름 마샬 칼리지에 다닐 수 있는 학비를 마련했다. 어머니가 학교를 졸업하기까지는 꽤 오랜 시간이 걸렸다. 어머니는 마샬 칼리지 재학 시절 밀턴의 『실낙원』을 무척 좋아했다고 이야기하며, 『실낙원』을 공부하면서 정리해 두었던 플롯 도표를 내게 보여 준 적도 있었다. 어머니가 아버지를 만난 것은 그 마을 학교에서 선생님 일을 하고 있었을 때로, 오하이오에서 살던 아버지는 그해 여름 웨스트버지니아에 있는 한 목재 회사에 취직해 근방에서 일을 하고 있었다. 어머니와 아버지는 연애 시절 철길을 오래 산책하는 것을 좋아했는데, 추측건대 아버지가 철길 걷기를 낭만적이라고 생각했던 게 아닌가 싶다. 아버지와 어머니가 당시 서로의 사진을 찍어 준 것을 보면 아버지가 이정표 위에 한 발을 올리고 있거나, 코바늘로 뜬 레이스 숄을 걸친 어머니가 책을 펴고 계단참에 앉아 있는 모습이 보였다. 아버지가 움직이는 사이드카에 올라서서 레버를 잡고 있는 모습을 어머니가 찍어 준 사진도 있었다. 어머니는 아버지와 결혼하면서 웨스트버지니아를 떠나 새로운 삶을 시작했고, 부모님의 새로운 보금자리는 두 사람 모두 한 번도 가보지 않은 새로운 세계인 미시시피 잭슨이었다.

외삼촌들의 별명은 "아이들"이었다. 외할머니 집의 넓은 복도 벽면에는 모자, 코트와 함께 외삼촌들의 목이 긴 밴조가 쭉 걸려 있었다. 칼과 모세 외삼촌은 밖에 나갔다가 집에 돌아오면 벽에 걸려 있던 밴조를 집어 들고 옆에 나란히 앉아 음악을 연주했다. 내가 예전에 외할머니 집에 왔을 때 두 외삼촌이 밴조를 연주해 주었던 일이 기억난다. (지금까지 까맣게 잊고 있었던 기억이다.) 칼과 모세 외삼촌은 환상의 콤비였다. 당시 세 살의 내가 "칼 삼촌들!"이라고 외치면 두 외삼촌은 마치 쌍둥이처럼 똑같은 음과 박자로 동요 「개구리가 말을 타고 청혼하러 갔대요」를 불러 주었다.

물 흐르듯 자연스럽고 드럼을 두드리듯 리드미컬한 밴조 소리는 어린이라면 누구나 좋아했을 음악이었다. 외삼촌들은 발라드, 컨트리 송부터 경건한 찬송가까지 다양한 레퍼토리를 연주할 줄 알았다. 내가 잘 시간이 지났는데도 계속 외삼촌들의 음악을 듣고 있으면 어머니는 외삼촌들에게 악기 연주를 제발 좀 그만하라고 부탁했다. "에이, 누나, 노래 하나만 더 듣고 자라고 해." 하지만 노래는 논스톱으로 이어졌고, 노래 하나는 두 개, 세 개의 노래로 이어졌다.

다섯 명의 외삼촌들은 반주 없이 노래를 함께 부르는 것도 좋아했다. 외삼촌들 가운데 가장 몸집이 크고 어깨가 떡 벌어진 거스 외삼촌의 중후한 베이스는 다른 외삼촌들의 목소리를 압도했다. 어렸을 때부터 찬송가를 오래 불러 온 외삼촌들의 목소리는 노래 후렴구를 반복할 때마다 점점 더 우렁차졌고, 특히 집 밖에서 노래를 부를 때면 더욱 쩌렁쩌렁하게 울려 퍼졌다. 외삼촌들이 「흘러라, 요단강아」를 부르면 그 노랫소리가 외삼촌들의 주변으로 흩어져 어느새 산 저편으로 넘어가 메아리로 되돌아오곤 했다. 그 소리가 어찌나 큰지 마치 산 저편에 한 무리의 성악가들이 기다리고 있다가 대답을 하는 것 아닐까 싶을 정도였다.

외할아버지가 세상을 떠난 것이 어머니가 어렸을 때였기에, 외할아버지에 대한 어머니의 이미지는 어머니가 어렸을 때 갖고 있던 이미지가 그대로 유지됐던 것으로 보인다. 내가 외할아버지에 대해 알고 있는 모든 것도 어린 소녀인 어머니가 기억하는 외할아버지의 모습이었다. 시간이 지나도 변치 않았던 어머니의 기억을 차지하는 것은 행복했던 추억이 절반, 아버지의 죽음에 대한 끔찍한 기억이 나머지 절반이었다. (외할아버지의 임종에 대해 이야기할 수 있는 사람은 가족들 중 어머니가 유일했다.) 외삼촌들은 당시 너무 어렸기에 외할아버지에 대한 뚜렷한 기억을 갖고 있지 않았다. 외삼촌들에게 가장 생생하게 남아 있는 외할아버지에 대한 기억은 외할아버지가 불러 주었던 노래로, 외삼촌들은 「어디에 갔었니, 빌리 보이?」를 부를 때마다 외할아버지가 그 동요에 마음대로 노래 가사를 갖다 붙였던 일을 떠올리곤 했다. 그 기억을 제외한 다른 기억은 다른 사람들이나 외할머니가 이야기해 주는 기억이었다.

아버지는 어머니가 이야기하는 외할아버지에 대한 기억을 어떻게 생각했을까? 나로서는 알 길이 없었다. 내가 아는 것은 아버지와 외할아버지가 정반대의 성격이라는 사실뿐이었다. 아버지는 침착하고, 말수가 적고, 과묵하고, 필요에 따라 참을성을 발휘할 줄 알았고, 아버지의 모든 이야기는 사실 그대로였다. 남동생들이 태어나기 전 나와 어머니 둘이서만 기차를 타고 외할머니 집을 방문하면, 아버지는 우리가 집에 돌아갈 때쯤 그곳으로 와 우리를 데리고 집으로 돌아갔다. 당시 나는 어려서 그런 상황을 완벽하게 이해할 수 없었지만, 아버지가 그곳에 도착하면 갑자기 분위기가 달라진다는 것을 눈치채지 못할 정도로 마냥 어리지는 않았다. 우리가 무엇을 하고 있든 그곳은 마치 바람의 방향이 바뀌듯 변화가 찾아왔다.

그 이유는 바로 나와 어머니는 아버지를 반겼지만 다른 외삼촌들은 아버지가 오는 것을 그다지 반기지 않았기 때문이었다. 물론 어머니보다도 4살 연상이었던 아버지는 외삼촌들과 나이 차가 많았고, 아버지는 외삼촌들과는 달리 북부 양키 출신이었다. 하지만 훗날 알게 된 바에 의하면 외삼촌들이 아버지와 적당한 거리를 두었던 진짜 이유는 따로 있었다. 아버지가 어머니와 연애를 시작했을 때부터, 아버지는 외삼촌들의 눈에 '누나를 멀리 데려가 버릴 사람'으로 보였던 것이었다.

어머니는 이 산장에서 결혼식을 올렸다. 내 기억에 외삼촌들은 아버지를 한 번도 이름으로 부른 적이 없었으며, 항상 "미스터 웰티"라고 불렀다. 결혼식 날도 예외는 아니었다. 막내 외삼촌 모세는 어머니가 결혼하는 것을 보고 "땅바닥에 주저앉아 엉엉 울었다"고 했다. 결혼식을 올린 어머니와 아버지는 세인트루이스에서 개최된 세계박람회와 루이지애나 매입 100주년 기념 전시회를 보러 신혼여행을 떠났다. 그때가 1904년 10월이었다. 이후 부모님은 미시시피 잭슨으로 떠나 새 보금자리를 마련했다. 남들 앞에서 자신의 용감함을 자랑하는 것을 꼴사납고 생각하는 어머니는 그때의 일에 대해 "내가 좀 대담하긴 했구나"라고 말하는 것이 전부였다.

이곳에 남은 가족들은 어머니가 그들로부터 영원히 단절되었다고 생각했던 것 같았다. 사실 외할머니와 외삼촌들은 그때의 상실감을 완전히 극복하지 못했다.

어머니 역시 언제나 고향에 남겨 두고 온 가족들을 그리워했다. 내 생각에 어머니는 몸은 잭슨에 있어도 마음으로는 산속에서 들려오는 소리를 여전히 듣고 있었던 것 같다. 산속에는 도끼로 나무를 찍는 소리와 신을 부르는 소리가 번갈아 메아리쳐 울렸다(그 소리의 주인공은 산속에 사는 한 노인이었는데, 어딘가에 있지만 그 모습이 보이지 않아 외할머니는 그 노인을 "늙은 은둔자"라고 불렀다). 또 집에서 보이지는 않았지만 산 아래 어딘가를 지나는 엘크강의 흐르는 강물 소리도 있었다(나도 외할머니 집 앞마당에 있는 흔들의자에 앉아 강물 소리를 들은 적이 있었다. 누군가 그 소리가 강물 소리가 아니라 다른 소리라고 말해 주긴 했지만 말이다). 그 소리는 귀에 들려왔다가도 어느샌가 사라지고, 마치 가는 실낱처럼 희미하게 들렸다. 나는 그 소리가 어디서 나는 소린지, 비록 눈에 보이지는 않지만 누가 우리 곁에 다가오면서 내는 소리인지 어른들에게 묻곤 했다.

어머니는 웨스트버지니아에 대한 기억을 이곳 잭슨으로 가지고 온 것 같았다. 물론, 나도 웨스트버지니아에 대한 나만의 기억을 이곳으로 가지고 왔다.

어머니는 외할머니가 살아 있는 동안 매일 편지를 주고받았다. 외할머니는 늘 어떻게 해야 산 아래에 있는 청사에 가서 기차 편으로 편지를 부칠 수 있는지가 고민이었다.

체시에게,

간밤에 네게 편지를 써두었는데 오늘 아침 거스에게 부쳐 달라고 부탁하지 않았어. 칼이 청사에 갈 일이 있다기에 칼에게 부탁하는 게 낫겠다 싶었거든. 저녁 식사를 앞두고 칼이 나갈 준비를 했지만 내가 식사부터 먼저 하라고 말했단다. 그런데 식사를 시작한 지 얼마 안 돼 모세가 집에 들어왔는데 우리 집 개가 여우를 쫓고 있다지 않니? 그러자 "아이들"이 식사를 마치자마자 전부 다 나가서 결국 편지를 부치지 못했단다. 기차 소리가 지금 들리는 걸 보니 오늘은 틀린 것 같구나. 이곳은 어젯밤에 비가 그쳤고 오늘은 비가 내렸다가 그쳤다가 하네. 하루 종일 바람이 불고 어둡고 을씨년스러워서 나는 계속 난로 앞에만 앉아 있단다. 네가 우리 집 닭을 여섯 마리만 가져가면 좋을 텐데. 지난주에는 닭 세 마리를 잡아 아이들 식사를 챙겨 줬지. 우리 딸을 만날 수 있다면 좋겠지만 그럴 수 없으니 엄마는 낮잠이나 자야겠네.

— 사랑을 담아, 엄마가

아래는 또 다른 편지다.

칼은 학교에서 만날 친구들에게 편지를 쓰는 중이고, 거스와 모세는 밴조를 연주하는 중이야. 존은 뭐하는 중인지 모르겠네. 지금 다른 방에 있거든… 4월쯤 유도라에게 우리 집에 있는 비둘기 두 마리를 보내 줘도 괜찮을까? 비둘기를 직접 그곳에 들고 갈 사람이 있어야 될까? 비둘기가 날아다니고 손 위에 있는 모이를 먹는 걸 보면 유도라가 좋아할 거 같아. 우리는 모두 다 잘 지낸단다. 너도 잘 지냈으면 좋겠구나.

— 사랑을 담아, 엄마가. 아가에게도 키스를 전해 주렴.

아래는 11월 4일의 편지다.

사랑하는 우리 딸에게,

네 편지는 아직 오지 않았지만 엄마는 오늘 오전 네게 편지를 쓰려고 했어. 하지만 결국 편지를 쓰지 못했단다. 청사에 직접 걸어가야겠다는 생각이 들어 나갈 채비를 했단다. 오늘은 구름 한 점 없는 화창한 날씨지만 바람이 몹시 심하게 불고 있어. 나는 베(?)를 거의 다 끝냈고, 주방과 거실 청소를 마쳤고, 호두 4자루를 얻어 왔고, 암탉 둥지를 청소하다 달걀 16개를 발견했단다. 거스에게 75센트 내지는 1달러를 저금했고 25센트를 벌었다고 얘기했지. 달걀 12개가 25센트니까… "아이들"은 학교에 다니기 시작했단다. 많이 공부할 수 있었으면 좋겠어. 아이들도 다 선생님을 좋아한단다. 매기 키니의 네 번째 여동생이 저학년 아이들을 가르치고 있단다. 너도 알다시피 매기 코라와 매티가 결혼해서 지금은 헤스터와 매기가 학교에 있거든. 거스가 어젯밤에 그러는

데 선생님들 중 한 분이 세상을 떠났다고 하더구나. 아주 똑똑한 청년이었다고 하던데. 무언가 할 일이 생겼을 때 빨리 손을 쓸 수 있다면 좋으련만, 그러면 일들이 잘 정리될 텐데 그럴 수가 없구나. 외로운 나에게 너와 딸아이가 언젠가 집으로 찾아와 준다면 참으로 좋으련만. 하지만 무엇보다 너희 세 가족이 잘 지내길 바란다.

— 사랑하는 엄마가

아래는 외할머니가 내게 보낸 편지다.

사랑하는 유도라 앨리스에게,

이 외할머니가 칙칙폭폭 열차를 타고 우리 손녀의 작은 파티에 참석할 수 있다면 좋으련만. 그리고 너와 네 친구들이 무척 좋아할 예쁜 비둘기 두 마리를 보내 줄 수 있으면 좋으련만. 하지만 외할머니는 그곳에 갈 수도, 비둘기를 보낼 수도 없구나. 오전에 청사에 가서 네게 설탕을 보낼 방법을 알아봐야겠구나. 우리 손녀가 맛있게 먹으면서 이 외할머니 생각을 할 수 있게 말이지. 부디 즐거운 시간 보내고 건강하렴.

— 사랑하는 외할머니가

추신. 네 엄마한테는 다음번에 편지를 보내겠다고 전해 주렴.

이런 편지들은 어머니 삶의 일부였다.

외할머니는 내가 외할머니의 비둘기를 걱정하는 것이 내가 그 비둘기를 사랑해서라고 생각했다. 지금 생각해 보면, 외할머니의 생각이 맞았던 것 같다.

그해 여름, 나는 말안장에 머리를 베고 길게 자란 풀밭 위에 누워 산속의 정적을 듣고 있었다. 나의 머리 위에는 높은 하늘이 있고, 산 아래로는 길고 가파른 산등성이가 이어져 있었다. 그러던 어느 순간 저 멀리서 소방울이 딸랑딸랑하는 소리가 희미하게 들려왔다. 산속에는 이처럼 눈에 보이지 않는 먼 곳에 무언가의 존재가 있었다. 그곳의 그 산처럼 모든 산에는 언제나 방울 소리가 있고, 사람들이 망각할 때쯤 방울 소리를 울려 자신의 존재를 드러내곤 했다.

지금 생각해 보면 내가 나 혼자만의 자유로운 감각을 경험할 수 있었던 것은 그곳이 산꼭대기 마을이라서 가능했던 일 같다. 비록 그때 나는 어린아이였지만, 그런 경험은 살면서 단 한 번도 맛보지 못했던 무언가의 발견이었다. 아니, 재발견이라고 해야 옳을지도 모르겠다. 그 경험은 땅속 깊은 곳을 흐르던 물이 지상으로 끌어올려져 마치 반짝이는 별빛의 띠처럼 긴 물방울을 남기며 가득 흐르는 심상으로 내게 다가왔다. 그것은 바로 살아 있는 산허리에 기댄 긴 금속관이 달린 우물에서 퍼 올린 물의 맛이었다. 나는 공용 국자로 그 물을 떠먹는 것이 짜릿할 만큼 행복했다. 보이지 않고 들리지 않는 저 깊은 지하를 흐르던 차가운 물이 입 안에 느껴지는 감촉, 양 볼을 쭉 빨아들이게 만드는 물에서 느껴지는 쇠 맛과 나무고사리의 냄새 덕분에 나는 물을 삼킬 때마다 내가 산속에 존재한다는 사실을 상기할 수 있었다. 나는 물을 한 모금씩 마실 때마다 내가 이곳의 일부가 되어 이곳에 온전히 존재함을 느꼈고, 맨발로 선 채 그곳에 뿌리박혀 물을 꿀꺽꿀꺽 빨아들이는 나 자신을 느꼈다. 내가 그곳에서 느꼈던 그 감각은 나만의 고유한 감각이었다.

어머니는 외삼촌들을 아꼈고, 외삼촌들도 어머니를 몹시 따랐다. 하루는 어머니와 외삼촌들이 함께 이야기를 나누며 나와 산길을 산책한 적이 있었다. 나는 요전 날 봐두었던 지름길로 혼자 가야겠다고 생각하고 다른 길로 향하다 얼마 가지도 못하고 넘어져 데굴데굴 굴렀다. 내 옷과 머리에는 흙먼지와 낙엽이 잔뜩 붙었고, 치마가 무언가에 걸려 쭉 찢어지는 소리가 났다. 그렇게 한참을 구르던 나는 덤불에 걸려 멈추었다. 나는 그 즉시 일어서서 뒤를 돌아보았다. 비록 멀리 굴러온 것은 아니었지만 어머니와 삼촌들은 저 멀리 있는 것처럼 작게 보였다. 어머니는 삼촌들과 함께 어이가 없다는 듯 웃고 있었다. 외삼촌들 중 한 명이 아래로 내려와 나를 데리고 올라갔고, 나는 외삼촌의 어깨 위에 올라타 다시 산길을 지났다. 어머니가 웃음을 멈춘 뒤에도 외삼촌들은 나를 계속 놀렸다. 그때 내가 외삼촌들의 놀림 때문에 풀이 죽었었는지, 아니면 목말을 타고 있어 자신만만했었는지는 잘 기억나지 않는다.

"우리 조카가 오늘 제대로 미끄럼을 탔지 뭐예요." 칼 삼촌은 외할머니도 한마디 거들길 바란다는 듯 나를 외할머니 앞에 내려놓으며 이렇게 말했다. 외할머니는 내 얼굴을 잘 볼 수 있도록 집게손가락으로 내 머리칼을 귀 뒤로 넘겼다. 그러자 외할머니가 예전에도 똑같이 내 머리칼을 넘겨주며 내 두 눈을 뚫어지게 바라보곤 했던 것이 기억났다. 외할머니 유도라와 손녀 유도라 사이에 무언가가 통했던 것일까?

"얼른 가서 원피스를 갈아입으럼. 이 외할머니가 찢어진 곳을 금방 꿰매 주마." 외할머니가 말했다. 나를 바라보던 외할머니는 어머니에게 시선을 옮겼다가 다시 나를 보았다. 나는 외할머니의 그 눈빛이 무엇인지 깨달았다. 외할머니는 내가, 어머니가, 외할머니가 서로 얼마나 닮았는지 보고 있었던 것이다.

　카덴 집안은 웨스트버지니아에 상당히 오래전부터 살았다—추측건대 웨스트버지니아가 독립된 주로 만들어지기 전부터 살았던 것 같다. 외할머니의 어머니인 유도라 에이어스는 버지니아 오렌지카운티 출신으로 프랑스 위그노계 어머니와 영국계 아버지 사이에서 태어났으며, 아버지는 매우 부유한 가문의 농장주였다. 증조외할머니는 자신과 마찬가지로 버지니아주 출신인 윌리엄 카덴과 결혼했다. 증조외할아버지는 가난하지만 "꿈 많은" 청년이었다. 순수한 젊은이였던 두 사람은 버지니아주에서 분리되어 독립한 험난한 산악 지방이자 미지의 세계였던 웨스트버지니아에서 새 삶을 시작했다. 웨스트버지니아로 가는 증조외할아버지의 이삿짐 안에는 가죽 커버로 된 라틴어 사전과 문법책이 있었고, 증조외할머니는 아버지로부터 결혼 선물로 받은 다섯 명의 노예를 데리고 갔다. 증조부모는 라틴어 사전을 작은 시골집에 평생 보관했던 반면, 다섯 명의 노예는 데리고 있지 않고 자유를 주었다. 외증조부모는 웨스트버지니아 이후 에논에 살았는데, 남북전쟁이 시작되면서 버지니아주 출신이었던 증조외할아버지는 남부 연합 지지자로 몰려 옥살이를 하게 되었고, 결국 수감 생활 중 시력을 잃었다.[2]

증조외할아버지는 '길보아 옆 에논'이라는 이름의 교회에서 활동했던 침례교 전도사로, 여기서 길보아는 성경에 등장하는 산의 이름을 딴 것이었다. 웨스트버지니아의 길보아 산에는 '길보아'라는 이름의 좀 더 오래된 또 다른 교회가 있었다. 외할머니와 외할머니의 네 형제들은 모두 이곳에서 태어나 자랐으며, 외할머니의 자녀들 역시 이곳에서 오랜 시간을 보냈다. 증조외할아버지는 매우 엄격하면서도 호방한 성격이었다.

첫 번째 부인이 세상을 떠난 뒤 애 딸린 홀아비가 된 증조외할아버지는 당시 다른 홀아비들이 으레 그랬던 것처럼 버지니아에 살고 있던 증조외할머니의 여동생을 웨스트버지

---

2 버지니아주는 남부 연합이었고, 웨스트버지니아주는 버지니아에서 독립해 나오면서 북부 연방에 소속되었다.

니아로 데려왔다. 그리고 몇 년 뒤 그 여동생과 재혼했다. 당시 어리지만 알 건 알았던 어머니는 새증조외할머니에게 증조외할아버지의 자식들을 돌보기 위해 고향 버지니아를 등지고 온 희생정신을 존경한다고 말했다. 그러자 새증조외할머니가 퉁명스럽게 대답했다고 한다. "내가 그것 때문에 네 외할아버지와 결혼한 줄 아니?"

어머니와 외삼촌들은 외증조부모 집을 자주 방문했다. 증조외할아버지는 취침 전 기도를 올릴 때면 혼자 헛간에 들어가 헛간이 쩌렁쩌렁 울리도록 큰 목소리로 기도를 올리는 것을 좋아했다. 증조외할아버지는 외삼촌들의 이름을 하나하나 부르며 외삼촌들이 어떤 잘못을 했든 하느님께서 그들을 용서하고, 인내심을 가지고 그들을 기다려 주고, 너무 늦기 전에 그들을 올바른 길로 인도해 달라고 기도했다. 이때 외삼촌들은 건초더미 안에 몰래 숨어 증조외할아버지의 기도를 엿듣는 것을 즐겼다.

어머니는 우리 집 난롯가에 있는 흔들의자에 앉아 성경책을 읽다가 종종 과장된 목소리로 어떤 구절을 읽을 때가 있었다. "로마서를 읽으면 외할아버지 기억이 많이 나는구나." 어머니는 이렇게 말했다.

어머니는 어렸을 때 증조외할아버지와 상당히 허물없이 지냈다. 한번은 사도 바울이 여자는 예배드릴 때 반드시 모자를 써야 한다고 말한 것을 두고 증조외할아버지에게 "저는 사도 바울의 이야기에 동의하지 않아요"라고 말한 적도 있었다고 했다.

내가 사진 속에서 본 증조외할아버지는 눈처럼 새하얀 수염과 산에서 불어오는 바람에 휘날리는 구레나룻을 하고 있었다. 등받이가 곧은 벤치 위에 앉은 증조외할아버지의 무릎 위에는 검은색의 커다란 모자가 거꾸로 놓여 있었다. 증조외할아버지의 오른손에는 막대기처럼 가늘고 곧은 지팡이가 쥐어져 있었다. 그 지팡이의 길이는 120~150센티미터 정도 되어 보였다. 사진의 뒷면에는 딱딱한 글씨체로 "체시에게, 원하면 이 사진을 가져도 좋다"고 쓰여 있었다.

나의 외가 조상들은 이렇게 웨스트버지니아에 정착했다. 하지만 나는 우리 가족의 역사에서 웨스트버지니아의 진정한 개척자이자 고독한 낭만주의자 역할을 맡은 사람은 외할아버지 네드 앤드루스라고 생각한다. 외할아버지는 스스로가 상상했던 개척자의 이미지를 버지니아에 살고 있는 가족들에게 얘기하는 것을 좋아했던 것 같다. (버지니아의 친척들은 외할아버지를 **정말** 놀랍다고 생각했다. 외할아버지의 어머니와 여자 형제들은 어린 어머니와 외삼촌들을 몹시 아꼈고, 나 역시 어린 시절부터 버지니아에 있는 친척들과 종종 어울렸다.)

외할머니는 성격이 섬세하고, 어떤 상황에서도 굴하지 않는 용기와 우아함을 평생 보여 주었으며, 언제나 가족들을 위해 최선을 다했다. 어머니와 외삼촌들의 눈에 비친, 그리고 어머니와 외삼촌들이 들려준 이야기를 통해 내가 짐작해 본 외할머니와 외할아버지는 단 한 번도 고의적으로 나쁜 일을 하거나 돌이킬 수 없을 만큼 큰 실수를 한 적이 없는 분들이었다. 외할머니가 세상을 떠나자 외삼촌들은 모두 산 아래 마을로 내려와 결혼하고 각자의 삶을 꾸렸다. 1918년 육군에 입대한 이후 폐렴으로 죽은 존 외삼촌을 제외한 나머지 외삼촌들은 모두 교사, 은행원, 공무원, 사업가가 되었다. 칼 삼촌은 웨스트버지니아의 주도인 찰스턴의 시장이 되었다. 외삼촌들은 산장을 처분하는 대신 가족 별장으로 남겨 사냥이나 낚시를 할 때 그곳에서 지냈다. 어머니와 외삼촌들은 꼭 어렵거나 힘든 때가 아니더라도 서로의 집을 종종 방문했다. 언젠가부터는 아버지와 외삼촌들도 더 이상 예전처럼 서먹하지 않았다.

지금 와서 생각해 보면, 내가 그때 아무리 산길에서 넘어져 두렵다는 생각을 가졌을지언정 산꼭대기에서 나를 강렬하게 사로잡았던 그 자유로운 감각이 사라지지 않고 계속 내 안에 남아 있을 수 있었던 것은 나의 그 성격적인 요인이 유전적인 것이라서가 아닐까 싶다. 물론 그것은 아버지보다는 조금 더 용감했던 어머니로부터 물려받은 유전이었다. 하지만 어머니는 그런 자유로운 기질을 아주 잘 이해했음에도 불구하고 내게 그것에 대해 주의를 주고, 나를 그것으로부터 보호하기 위해 애썼다. 그것은 어머니와 나의 공통분모이자, 우리 사이에 존재했던 가장 강력한 유대감인 동시에 긴장감이었다. 어른이 된다는 것은 자유로운 기질을 위한 투쟁이었고, 늙어 간다는 것은 투쟁으로 얻은 기질을 상실하게 됨을 의미했다. 나와 마찬가지로, 어머니의 자유로운 기질도 산과 가장 밀접하게 연관되어 있었다.

아버지가 세상을 떠난 뒤 과부가 된 어머니가 늙고, 병들고, 시력마저 잃었을 때, 하루는 내게 집에 피아노를 다시 들여놓았으면 좋겠다고 말한 적이 있었다. 과거 우리 집에는 내가 아홉 살 때 어머니가 사준 스타인웨이 업라이트 피아노가 한 대 있었는데, 피아노 가격이 상당했던 관계로 어머니는 생활비를 털어 피아노를 살 돈을 마련했다. 아버지의 수입 외에 어머니는 젖소 한 마리를 사서 우유를 짜고, 그 우유를 병에 담아 이웃 사람들에게 팔아서 생활비를 보탰다(병에 담긴 우유를 자전거로 배달하는 것은 내 몫이었다). 나는 피아노 의자에 앉아 음계 연습을 할 때마다 외양간의 의자에 앉아 나만큼이나 리드미컬한 손놀림으로 젖소 데이지의 젖을 짜고 있을 어머니의 모습을 상상하곤 했다.

그 피아노는 나와 남동생 에드워드의 차지였다. 내가 레슨 받은 곡을 연습하면, 에드워드는 그 옆에서 악보도 보지 않고 나보다 더 멋지게 피아노를 연주했다. 조카들이 태어나자 남동생은 조카들의 피아노 연습을 위해 피아노를 자기 집으로 가져갔다. 그렇게 피아노가 자취를 감춘 지 한참이 되었는데 어머니가 다시 그 피아노를 집에 들여놓자고 한 것이다. 그것도 지금 당장 말이다! 결국 그 피아노는 우리 집에 다시 돌아왔고, 돌아온 그날 바로 조율되었다. 어머니는 내게 곧바로 피아노 앞에 앉아 「웨스트버지니아 언덕」을 연주해 달라고 부탁했다.

나는 피아노 의자에 앉아 어떤 노래였는지 기억을 더듬었다. 내가 피아노를 치자, 그 옛날 식사 후 설거지를 하면서 노래를 불렀던 것처럼 어머니가 흥얼거리는 소리가 들렸다.

오 웨스트버지니아 언덕이여!

내 마음이 얼마나 황홀함에 사로잡혔는지 …

오 언덕이여! 아름다운 언덕이여! …

어머니는 그 순간 매우 만족한 듯했다. 내가 연주를 끝내
자, 어머니는 앞을 전혀 볼 수 없었음에도 불구하고 휠체어
에서 몸을 일으켜 조심스럽게 건반 위에 손가락을 얹었다.
"자고로 산에 사는 사람은 언제나 자유로워야 하는 법이란
다." 어머니는 마치 내가 반드시 기억해야 할, 지금까지 한 번
도 말해 주지 않았던 이야기를 하듯 자랑스러운 목소리로 말
했다.

"드디어 북부로 넘어왔구나." 웨스트버지니아에서 오하이
오로 넘어가는 주 경계를 지나자 어머니가 말했다. "집보다
도 헛간이 더 크단 말이지. 이건 사람보다 말이랑 소를 더…"
어머니는 말을 하다 말고 멈추었다.

할아버지와 할머니가 살고 있는 농장은 오하이오주 남부

구릉지대에 위치한 호킹 카운티에 있었고, 부근에는 로건이라는 작은 마을이 있었다. 아버지가 어린 시절을 보냈던 곳이 바로 이 농장이었다. 농장은 펜실베이니아 독일 마을에서 흔히 볼 수 있는 아담하고, 현관 폭이 좁고, 흰색 페인트로 칠해진 이층짜리 건물이었다. 농장 건물 앞쪽에는 보송보송한 솜털이 난 코스모스와 진한 향기를 내뿜으며 이파리 사이로 꽃망울을 터뜨리는 나지막한 작약 덤불이 있었다. 폭이 벽돌 한 장이 될까 말까 한 좁은 길을 따라 내려가면 한쪽에 식료품 저장실이 있었고, 그 앞에는 오래된 사과나무 과수원이, 그 뒤에는 헛간과 초원, 옥수수밭과 밀밭이 펼쳐져 있었다. 가끔 헛간에서 들려오는 소리와 까마귀들이 까악거리는 소리 외에는 모든 것이 고요했다.

하루 중 저녁 식사시간을 제외하면 집 내부도 하루 종일 조용했다. 집에 있는 사람들은 마치 투명인간이 된 것처럼 코빼기도 보이지 않았는데, 각자 할 일들로 분주했기 때문이었다. 지금 생각해 보면 아버지는 추수시기에 맞춰 일손을 거들기 위해 고향을 방문했던 게 아닌가 싶다. 아버지는 농장에 가면 밖에서 일하느라 늘 분주했고, 에드워드가 함께 가겠다고 따라나서면 흔쾌히 돕게 해주었다.

어머니는 할아버지로부터 받은 **첫**인상을 절대 잊을 수 없었던 모양이었다. 그도 그럴 것이, 할아버지는 사륜마차가 아닌 짐마차를 끌고 기차역으로 마중 나왔고, 마차를 타고 집으로 돌아가는 길 내내 어머니에게 단 한마디도 먼저 말을 걸지 않았다고 했다. "하지만 그건 네 할아버지의 **습관**이었을 뿐이야." 어머니는 몇 년 뒤 내게 이렇게 말했다. "네 할아버지는 내가 돌아가는 날이 될 때까지 나와 거의 말을 하지 않으셨어. 그러다 마지막 날 기차역으로 가는 마차 안에서 쉴 새 없이 내게 이야기를 하시더구나. 게다가 말씀하시는 속도도 어찌나 **빠르던지**." 이후 할아버지와 어머니는 아주 친밀한 사이가 되었다.

우리 가족이 그곳에 있을 때 할아버지는 해가 떠 있는 동안은 헛간에서 무언가를 하거나 밭을 오가며 일했다. 두터운 콧수염을 기른 할아버지는 조용하고 점잖은 성격으로 집안의 여자와 아이들에게 별로 말을 많이 하지 않았다. 할아버지는 쉴 때면 대개 야외에 있는 나무 그네에 앉아 입에 담배 파이프를 물고, 무릎 위에 농장에서 키우는 아기 고양이를 올려놓았다. 할아버지가 나를 무릎 위에 올려놓으면 내가 대신 그 아기 고양이를 품에 안았다.

할머니는 사실 아버지의 새어머니였다. 어머니는 할머니에 대해 이렇게 말했다. "내가 딱 하나 네 할머니에 대해 얘기할 수 있는 건 내가 살면서 먹어 본 빵 가운데 할머니가 만든 빵처럼 맛난 건 없었다는 거야." 내 기억에 어머니가 할머니에 대해 이야기한 것은 이것이 전부였고 (어머니는 이 이야기를 여러 번 하고 싶은 눈치였다) 할머니가 세상을 떠난 뒤에도 다른 이야기는 전혀 하지 않았다.

할머니는 매 요일마다 한 가지 일을 정해 두고 그날은 오로지 그 일만 했다. (할머니 역시 할아버지처럼 대화가 잦은 편은 아니었다.) 내가 가장 기억에 남는 요일은 당연히 할머니가 빵을 굽는 금요일이었다. 할머니는 일주일 치 파이를 한꺼번에 구운 다음 뜨거운 파이를 창턱 위에 놓아 식히곤 했는데, 그 파이들이 일렬로 늘어선 모습은 마치 "한 번에 하나씩만 먹어!"라고 명령하는 얼굴처럼 보였다.

다른 집들 식탁의 정중앙에 돌려서 사용할 수 있는 회전판이 있다면, 할아버지 집 식탁의 정중앙에는 튤립 모양으로 된 유리병이 있었다. 그 유리병에는 대가족이 사용해도 충분할 만큼 많은 티스푼들이 반짝반짝하게 닦인 상태로 뒷면이 보이게끔 세로로 꽂혀 있었다. 내 생각에 이 티스푼 병은 단

한 번도 그 식탁 위를 벗어난 적이 없었던 것 같다. 가족들이 모두 잠들고 깜깜해진 한밤중에도 티스푼 병은 식탁에서 제자리를 지켰다. 할머니가 구운 갖가지 빵과 파이의 냄새 역시 주방에 오래도록 남아 있었다. 블라인드가 쳐진 응접실에는 사람들이 방문하지 않은 냄새가 여기저기 곳곳이 배어 있었다.

외할머니 집과 비교하면, 내가 친할머니 집을 처음 방문했을 때 받았던 느낌은 삼촌, 사촌과 내 윗세대 친척들의 존재가 굉장히 희귀하다는 사실이었다. 할아버지 제퍼슨 웰티는 13남매 가운데 막내였음에도 불구하고 나는 할아버지 쪽 형제들을 전혀 만난 적이 없었다. 증조할아버지 크리스천 웰티와 증조할머니 살로미 웰티는 호킹 카운티 매리언 타운십의 초기 정착자들이었다. 원래 독일 스위스계 혈통인 웰티 집안은 독립전쟁이 발발하기 이전 세 명의 웰티 형제들이 미국 땅에 건너와 대대로 이곳에 살며 뿌리를 내렸다고 했다. 나는 아버지의 조상들 이야기를 듣고 있으면 어딘가 모르게 독일의 동화 속 전설이 연상되곤 했다.

이런 사실들은 내가 아버지로부터 직접 들은 이야기가 아니었다. 사실 아버지는 한 번도 가족 이야기를 내게 해준 적이 없었다. 어머니로부터 외가 쪽 집안 이야기를 너무 많이 들었던 탓이었을까? 실은 아버지가 과거의 역사에 대해 관심이 전혀 없었기 때문이 아니었나 싶다. 아버지에게는 오직 미래만이 중요했으니까 말이다. 하지만 아버지는 효심이 지극했고, 기회가 되면 언제든 할아버지를 만나러 고향에 방문했으며, 집에서도 종종 할아버지에게 편지를 쓰곤 했다. 나는 어렸을 때부터 아버지가 기다란 편지봉투 위에 분명하고 섬세한 필체로 '제퍼슨 웰티 귀하'라고 쓴 것을 종종 보았다. 아버지는 할아버지에게만 이 '귀하'라는 호칭을 사용했다. '귀하'가 존경심을 표현하는 단어라고 생각했던 나는 이것이 할아버지에 대한 아버지의 존경심이라 여겼고, 아버지가 할아버지를 사랑한다는 것을 언제나 알 수 있었다.

한번은 나의 초기작이 영국에서 출간된 이후 영국 켄트에 사는 웰티(그의 이름은 Welty가 아닌 Welti였다)라는 사람이 순수한 호기심에서 편지를 보내 내 이름에 대해 물어본 적이 있었다. 내게 웰티 집안에 대해 그 무엇도 말해 주지 않았던 아버지는 그때 이미 세상을 떠난 뒤였고, 어머니 역시 아버지 집안에 대해 아는 바가 없었다. (어머니는 이후 아버지 집안에 대한 기록을 찾아보았다.) 그 영국인은 웰티 가문의 중세 시

대 이야기부터 독일-스위스 출신의 세 명의 형제들이 신대
륙으로 건너왔던 것, 버지니아에 정착한 초기 이민자들이 독
립전쟁이 발발하기 이전 펜실베이니아, 오하이오, 인디애나
로 이주했던 것을 모두 알고 있었다. "사라토가 전투에서 안
타깝게 목숨을 잃은 조상분이 계시다는 것을 알고 계실 테지
요." 그 영국인은 이렇게 말했다.

그 영국인의 이야기 가운데 아버지가 관심을 보였을 만
한 유일한 내용은 웰티의 조상이 고트하르트 터널과 그 터널
건설을 추진했다는 이야기였다. 같은 웰티가 스위스 대통령
을 일곱 번 지냈었다는 사실을 알았더라면, 아버지는 아마도
"제기랄!"이라고 했을지도 모른다. ("제기랄!"은 아버지가 입
밖에 내뱉을 수 있는 가장 심한 욕설이자 어머니의 가장 강한 감탄
사로, 이는 부모님 모두에게 다소 순화된 의미였다.)

할아버지 집 응접실에는 오르간이 한 대 있었는데, 어머니
가 조심스럽게 얘기해 준 바에 의하면 할아버지와 할머니 모
두 오르간 연주를 반기지 않았다고 했다. 나는 깊이 잠들어
있는 그 오르간이 혹시 잠에서 깨기라도 할까 봐 주변을 살
금살금 걸어 다녔다. 오르간에는 위로 경사진 페달이 있었는
데, 응접실 바닥에 깔린 꽃무늬 양탄자가 페달 위까지 덮여

있어 페달도 흡사 바닥의 일부인 것처럼 보였다. 뚜껑을 열면 오르간에서는 깜짝 놀랄 만큼 강렬한 냄새가 풍겼다. 그 냄새는 마치 오르간 뚜껑을 여는 것이 사람들 앞에서 해선 안 될 실수임을 내게 알려 주는 것 같았다. (나는 그것이 실수임을 이미 알았다.) 나는 차가운 건반 위에 손가락을 얹었다. 건반은 눌리지 않았다. 키보드는 마치 딱딱한 탁자를 누르는 것처럼 아무리 눌러도 끄떡하지 않았다. 아마도 이 오르간은 페달로 공기를 넣어야 소리가 나는 모양이었다.

이 오르간은 아버지가 어렸을 때 세상을 떠난 아버지 생모의 유품이었는데, 이것이 누군가로부터 들은 이야기인지 아니면 내가 그냥 그런 느낌을 받았던 것인지는 확실치 않다. 사실 내 이름은 외할머니의 이름뿐만 아니라 아버지 생모의 이름을 딴 이름이기도 했다. 나의 중간이름은 앨리스, 아버지 생모의 이름은 앨리였다. 문제는 내가 세례를 다 받고 나서야 아버지 생모의 이름이 원래 앨미라였으며, 앨리가 앨리스의 애칭이 아닌 앨미라의 애칭이었음이 뒤늦게 밝혀진 것이었다. 나는 아버지의 생모가 이 사실을 알았더라면 어떤 기분이었을까 상상했다. 버려진 고아가 된 기분이 바로 그런 것 아닐까 싶었다. 나는 그 당시 죽음이 뭔지 몰랐지만, 그 기분은 죽음을 상상하는 것보다 더 끔찍했다.

맨발로 매끄러운 벽돌 길을 따라 내려가면 차가운 공기로 가득 찬, 시냇물 위에 지어진 식료품 저장실이 있었다. 졸졸 흐르는 차가운 시냇물 위에는 뚜껑 덮인 접시와 그릇, 버터와 우유를 담은 항아리가 마치 회전목마의 말들처럼 작은 소용돌이 안에서 빙글빙글 돌았고, 시냇물에서는 가까이에서 자라나고 있던 민트 향기가 풍겼다.

시원한 식료품 저장실과 반대로 모든 것이 따뜻한 헛간도 있었다. 어머니 말대로 할아버지네 헛간은 **실제로** 집보다 더 컸다. 헛간에는 미닫이문이 있었고, 바닥은 마치 나무판자로 만든 다리처럼 이쪽 문에서 저쪽 문까지 널빤지가 쭉 이어져 있었다. 세간살이도 집보다는 헛간 안에 더 많이 있었다. 헛간 안에 층층이 쌓여 있는 각종 통과 나무상자와 자루는 그 안에 들어 있는 각종 다양한 물건에서 나오는 오만 가지 냄새를 풍겼다. 그곳에는 내가 자유롭게 보고, 냄새를 맡고, 올라가 볼 수 있는 것들이 무척 많았다. 가축들이 초원에 나가 헛간이 텅 비어 있을 때면, 고요함 가운데서 내가 바삭한 여물 씨앗을 손가락으로 훑는 소리도 들을 수 있었다. 헛간에 가축들이 돌아오고 나면 그곳에 있는 말 한 마리가 마구간

문 위로 머리를 불쑥 내밀곤 했다. 그러면 나는 동화 「거위 치는 소녀」에서 공주가 성문 위에 걸려 있는 하얀 말 팔라다에게 말을 걸듯 그 말에게 다가가 말을 걸곤 했다. 나는 팔라다가 거위를 데리고 지나가는 공주에게 "공주님, 이곳을 지나는 공주님, 어머니가 아신다면 무척 슬퍼할 거예요"라고 말한 것처럼 그 말도 내게 무슨 말을 해주지 않을까 싶었던 것이다. 헛간 고미다락의 바닥에는 건초를 여물통으로 내려보내는 구멍이 나 있어서, 새 건초 위에서 깡충깡충 뛰어놀다 그 구멍을 통해 뛰어내리면 여물통 안으로 사뿐하게 떨어질 수 있었다. 건초 위에서 뛰어노느라 신난 에드워드는 내가 사라진 줄도 몰랐다.

　헛간의 어두운 한쪽 구석에는 낡은 마차가 한 대 있었고, 그 마차 안에는 암탉들이 둥지를 틀고 있었다. 검고 반들반들한 마차 옆에는 술 달린 지붕이 얹어진 또 다른 마차가 서 있었다. 할아버지가 우리를 교회에 데려다줄 때 몰았던 바로 그 마차였다. 나는 할아버지가 손에 쥐어 준 말고삐를 쥐고 할아버지 다리 사이에 서서 마차를 몰곤 했는데, 사실 빠르게 흔들리는 말의 꼬리에 가려 마차가 가는 길이 잘 보이지 않았다. 하지만 비 오는 일요일 뒷좌석에 앉아 마차 뒷벽에

난 작은 창문을 통해 밖을 바라보면 마차의 얇은 바퀴가 마치 초콜릿 리본 같은 자국을 남기는 모습을 볼 수 있었다. 매주 일요일이 되면 그 주 월요일부터 토요일까지 들었던 것보다 할아버지의 목소리를 더 많이 들을 수 있었다. 바로 할아버지가 교회 성가대 단원, 아니 정확히 말하면 성가대 지도자였기 때문이었다.

하루가 마무리될 무렵, 할아버지 집에서는 가족들 사이에 많은 대화나 이야기가 오가지 않았다. 이는 내가 할아버지 집을 처음 방문했던 날도 마찬가지였다. 어떤 날 저녁에는 가족 모두가 둘러앉아 뮤직박스 음악을 듣곤 했다.

뮤직박스 안에는 밖으로 꺼낼 수 있는 받침대가 하나 있었고, 받침대 위에는 은쟁반만 한 크기의 번쩍번쩍한 금속 디스크들이 있었다. 디스크의 가장자리는 톱니바퀴처럼 들쭉날쭉한 모양이었다. 삼각형이나 별 모양의 작은 구멍들이 뚫린 디스크는 어머니가 내 옷을 만들어 줄 때 썼던 습자지 옷본과 흡사해 보였다. 톱니가 맞물려 돌아가면서 디스크가 회전을 시작하면, 뮤직박스에서는 차임벨 소리를 닮은 어딘가 묘한 소리가 흘러나왔다.

뮤직박스가 들려주는 소리는 우리 집의 축음기에서 나는 소리와 전혀 달랐다. 가냘픈 금속성의 뮤직박스 소리는 마치 숟가락 통에 담긴 숟가락들이 미세하게 부딪히는 소리처럼 전혀 규칙적이지 않았다. 어떤 음악을 재생하든 뮤직박스에서는 느릿느릿하고, 멈칫거리고, 저 멀리서 들려오는 듯한 소리가 났다. 내가 잘 아는 노래나 「그 모든 것이 변할지라도 나를 믿어 주오」[3]도 뮤직박스를 통하면 내가 모르는 노래로 둔갑하는 느낌이었다. 나는 저 먼 곳에서 들려오는 음악을 듣는 것 같았다. 그곳은 잭슨에서 멀리 떨어진 오하이오였고, 따라서 우리 집 일층에 울려 퍼지는 시계 종소리가 들릴 리 없었지만, 뮤직박스에서 나오는 음악은 우리 집 곳곳에서 계단을 타고 위아래로 울려 퍼지는 그 시계 종소리일 수도 있다는 생각이 들었다. 우리가 음악을 듣는 동안 문 열린 창문가에 핀 밤나팔꽃은 조금씩 봉우리를 열었고, 음악은 나선형 스프링이 풀어지듯 천천히 진행되다 어느 순간 소리를 멈추었다. 음악과 밤나팔꽃은 서로 함께 움직이고 함께 멈추는 모양이었다.

3 "Believe Me If All Those Endearing Young Charms", 아일랜드의 민속음악.

그 순간 나는 아버지의 모습을 보며 이 집에서 어린아이였을 아버지의 유년시절을 상상할 수 없었다. (내가 은판 사진 속에서 본, 금발의 앞머리를 하고, 투박한 신발을 신고, 한쪽 발을 다른 쪽 무릎에 올린 자세를 하고 있던, 어머니를 여읜 어린 아버지의 모습을 말이다.) 그때의 기억을 되돌아보며 아버지의 어린 시절을 다시금 상상하면, 어린이였던 내게 어딘가 섬뜩하고 희미하게 들렸던 뮤직박스의 성긴 음악소리는, 어렸을 때 집안에 다 큰 어른들뿐이라 아무도 또래가 없어 혼자뿐이었던 아버지가 그 시골의 적막함 속에서 할아버지에게 건넸던 이야기의 소리가 아니었을까 하는 생각이 들곤 한다. 내게 그 뮤직박스의 음악소리는 형언할 수 없는 외로움의 소리, 도망칠 방법 없는 외로움의 소리였다. 나는 그 외로움을 직시하며 밤나팔꽃이 피는 것을 바라보았다.

아버지가 세상을 떠난 뒤, 나는 아버지가 어렸을 때 생모로부터 받았던 유품인 작은 책을 발견했다. 책의 한 페이지 위에는 1886년 4월 15일 생모가 남긴 짧은 문구가 다음과 같이 적혀 있었다. (그 날짜는 생모가 세상을 떠난 날이었다.) "사랑하는 웨비(Webbie)에게. 훌륭한 사람이 되어 나중에 엄마와

천국에서 만나자. 사랑하는 엄마가." 웹(Webb)은 생모의 처녀 시절 성이자 아버지의 중간이름으로, 생모는 늘 아버지를 '웨비'라고 불렀다고 했다. 당시 아버지는 일곱 살의 외동아들이었다.

책 안에는 다른 사람들이 남긴 또 다른 메시지들이 있었다. "닥터 암스트롱"의 메시지 "마치 따뜻하고 온화한 하루처럼, 비록 짧은 삶이라도 즐거울 수 있기를"이 어머니의 메시지 뒤에 바로 이어진 것으로 보아 아마도 같은 날짜에 쓴 글이 아닐까 싶었다. "사랑하는 웨비에게. 주님께서 네게 십자가를 주시면 묵묵히 그것을 받아들이고 주님의 뒤를 따르거라. 그 십자가가 가볍다고 해서 경시하지 말고, 십자가가 무겁다고 해서 불평하지 말거라. 십자가가 지나가면 왕관이 그 뒤를 따라올 것이야. 니나 웰티 고모가." 이는 오래전 아버지가 세 살 때 남겨진 메시지였다. 붉은색의 책 표지에는 아기 오리들이 나팔꽃으로 칭칭 감긴 바구니 밖으로 뛰어나오는 모습이 양각으로 새겨져 있었다. 책은 매우 낡고 닳아 있었다. 유품을 받은 아버지는 약속대로 그 책을 잘 간직했다. 아버지는 결혼 후 미시시피로 오면서 이삿짐에 그 유품을 챙겼고, 어머니는 그것을 소중하게 보관했다.

할아버지 집 이층으로 올라가는 계단은 하루 종일 부엌 벽면 뒤에 감추어져 있었다. 그러다 저녁기도를 마치고 침실로 올라갈 때가 되면 그제야 벽면에 있는 문이 열리고 마치 벽장 속에 숨겨져 있었던 것 같은 계단이 나타났다. 침실로 올라가는 계단은 사다리처럼 좁고 경사가 가팔랐다. 할아버지가 등잔을 들고 노란 불빛을 비추며 내 뒤를 따라오면 어둠 속에 있던 계단이 한층 한층 그 모습을 드러냈다.

여행을 마치고 콩그레스가로 돌아와 그동안 우리를 기다리고 있던 집 문이 열리면, 나는 밀폐된 공기로 가득한 복도를 가로질러 계단을 뛰어 올라갔다. 나는 바닥에 깔린 카펫을 양손으로 쿵쿵 짚어 보고, 우리가 오래 집을 비운 동안 소복이 쌓인 애틋한 먼지 위에 얼굴을 댔다. 이는 우리 가족이 집에 돌아온 것을 환영하는 나만의 절차였다. 아버지는 아버지 나름대로 이 방 저 방을 오가며 멈춰 있던 시계를 다시 작동시킴으로써 나보다는 체계적인 방식으로 집에 돌아온 것을 환영하는 절차를 시작했다.

그해 여름부터 그 후로 여러 번 자동차와 기차를 타고 오하이오와 웨스트버지니아를 여행했던 일을 돌이켜 보면, 그 여행의 또 다른 특징이 내게 깊은 인상을 남겼던 것 같다. 그 여행은 그 자체가 하나의 완전한 존재였다. 그 여행은 하나의 이야기였다. 그 이야기는 형태가 갖춰져 있었고, 그 안에는 방향과 움직임, 전개와 변화가 있었다. 그 여행은 내 삶의 무언가에 변화를 가져왔다. 사실 모든 여행은 내게 특별한 깨달음을 주곤 했는데, 여행 당시에는 그 깨달음이 무엇인지 말로 딱히 표현하기가 어려웠다. 하지만 시간이 지나 과거의 여행을 다시 돌아보면 그 여행이 내게 새로운 것을 알려 주고, 무언가를 발견하게 해주고, 어떤 조짐을 읽게 해주고, 어떤 가능성을 주었음을 알 수 있었고, 나는 지금도 그때의 여행을 반추하며 그것이 내게 무엇을 남겼는지 깨닫는다. 내가 작가로서의 삶을 시작했을 때, 이야기는 이미 내 마음 깊은 곳에 하나의 완성된 형태를 갖추고 밖으로 나오기만을 기다리고 있었다. 그런 면에서 나의 첫 장편소설의 주인공으로 기차를 타고 미시시피 삼각주 지역에 도착한 어린아이가 등장한다는 사실은 꽤 자연스러운 일이었다. "따스한 창문틀 너머로 끝없이 펼쳐진 들판은 마치 화로 안의 불처럼 타오르고 있었다. 창문틀에 팔꿈치를 올린 채 양손으로 머리를 받치고 창문틀 밖을 바라보던 로라는 낯선 땅에 도착한 사람들이 느끼는, 가슴이 천천히 그리고 무겁게 두근거리는 느낌을 받았다."

우리 삶에는 시간 순서대로 사건들이 발생하지만, 그 사건 들이 우리에게 갖는 중요성은 반드시 시간 순서와는 관련이 없으며, 대개는 시간 순서와 무관한 나름의 질서에 따라 움 직인다. 이 같은 주관적인 시간은 종종 소설이 전개되는 순 서와도 일치한다. 이는 깨달음을 향해 나아가는 지속적인 움 직임이다.

3부

목소리로 말하기

FINDING A VOICE

나는 창가 쪽 좌석에 앉아 있었다. 내 옆자리에 앉은 아버지는 기차 시간표를 손가락으로 훑어보고 회중시계 뚜껑을 열어 시간을 보며 우리가 어디쯤 와 가는지 확인했다. 아버지는 내게 역무원이 취하는 수신호 자세가 무엇을 의미하는지 설명해 주었다. 기차가 선로를 전환하기 전에 신호등 색깔이 바뀐다는 것도 설명해 주었다. 달리던 기차가 이정표를 지날 때면 이정표의 내용도 읽어 주었다. 아버지가 이야기한 시간이 되면 다음 마을이 정확하게 모습을 드러냈고, 마을의 모습은 기차가 떠남과 동시에 순식간에 사라졌다.

아버지와 나는 보이는 것을 하나라도 놓칠세라 꼼꼼히 밖을 살피고, 들려오는 호루라기 소리의 의미를 파악하는 데 모든 신경을 곤두세웠다. 이는 아버지와 내가 함께하는 경험이자 각자의 경험이었다. 물론 아버지와 나의 경험은 전혀 달랐다. 당시 열 살이 채 안 된 내게는 새로운 것도 아버지에게는 익숙한 이정표였기 때문이다. 아버지는 기차가 지나는 길을 잘 알고 있었다. 아버지는 밤이건 낮이건 척 보면 이곳이 어디인지 알았다. 눈앞을 휙 지나며 시시각각 바뀌는 시골 풍경도 내게는 상상 속에서 그리던 모습이었지만 아버지에게는 친숙한 세상이었다. 하지만 이곳에는 다른 어떤 곳에도 존재하지 않는 친밀감이 아버지와 나 사이에 존재했기에, 아버지와 나는 각자 다른 방식으로 이 시간을 고대했다.

아버지의 가죽 가방 안에는 접을 수 있는 여행용 컵이 들어 있었다. 컵 뚜껑에는 손에 쥘 수 있는 고리가 달려 있고, 컵은 둥근 가죽 상자에 넣어 휴대할 수 있었다. 아버지가 내게 컵을 건네주면 나는 기차 마지막 칸에 있는 정수기에서 컵 가장자리까지 가득 물을 채웠고, 자리로 돌아와 부드러운 컵 입구에 입을 대고 물을 마셨다. 은으로 만들어진 컵에서는 치아가 시릴 정도로 강한 금속 맛이 났다.

왁자지껄한 식당칸에서 저녁 식사를 마치고 나면, 아버지와 나는 기차 끝 쪽에 있는 야외 전망칸으로 자리를 옮겨 난간에 있는 접이식 의자에 앉았다. 우리는 그곳에서 선로 위를 지나는 기차가 만들어 낸 불꽃이 어둠 속으로 사라지는 모습을 지켜보았다. 기차는 빠르게 달렸지만, 장미꽃처럼 시뻘건 석탄재가 회색으로 변하며 눈앞에서 사라지는 모습을 보기에는 나쁘지 않은 속도였다. 아무것도 없는 산속에 있는 불 켜진 집은 밤하늘의 별보다도 작게 보였다. 잠자고 있는 시골 마을은 우리가 지나갈 수 있도록 길을 열어 주었다가 우리가 그곳을 지나면 다시 닫히는 것 같았다.

잘 시간이 되면 승무원이 객실에 들어와 잠자리를 준비해 주었다. 그는 가리개를 내리고, 창문 앞쪽에 녹색의 그물 해먹을 걸어 우리가 옷을 걸어 둘 수 있게 한 다음, 시트가 탄탄하게 씌워진 침대를 바닥에 내리고, 눈처럼 새하얀 커다란 베개 두 필을 그 위에 세워 놓은 후, 독서램프의 등을 켜고 작은 선풍기를 틀었다. 선풍기의 날은 반투명한 막을 그리며 회전했고, 선풍기는 곤충이 윙윙대는 듯한 소리를 냈다. 승무원이 무대 커튼처럼 두꺼운 재질의 녹색 커튼을 치면 — 늘어져 내린 커튼에서는 시가 연기 냄새가 훅 풍겼다 — 나는 커튼과 커튼의 벌어진 틈새를 파고들어 더 이상 어두운 바깥이 보이지 않게 커튼을 붙였다.

이불 속에 쏙 들어가 베개를 베고 몸을 선로와 평행하게 누이면 기차가 선로를 지나며 철컥철컥 울려대는 소리가 심장박동처럼 가까이에서 들렸다. 그럼에도 불구하고, 기차의 엔진 소리는 낮에 들렸던 것보다 더 먼 곳에서 들려오는 것처럼 느껴졌다. 객실 지붕을 타고 엔진 소리에 묻혀 드문드문 들려오는 호루라기 소리는 너무 멀어서 거의 들리지 않을 정도였다. 기차가 구각교를 지날 때 들리는 소리와 철교를 지날 때 들리는 소리, 낮은 다리를 지날 때 들리는 소리와 높은 다리를 지날 때 들리는 소리는 그 높이나 울림이 제각각 달랐다.

침대차의 리드미컬한 소리는 나를 자장가처럼 재워 주기도 하고 잠에서 깨우기도 했다. 갑자기 잠에서 깨면, 나는 창문 가리개를 올리고 창문 밖으로 보이는 밤 풍경을 바라보았다. 어떤 때는 예상하지 못했던 달빛이 나타났고, 다른 때는 달빛을 받은 기차의 완벽한 그림자 —비록 보이지는 않았지만 그 그림자 안에는 나를 실은 객실과 나의 그림자가 들어 있었다—가 강을 건너는 모습이 보였다. 또 다른 때는 높이 솟은 산이 시시각각 다가오는 소리가 들릴 때도 있었다. 기차가 터널을 지날 때면 마치 피아노의 "포르테" 페달을 밟았을 때처럼 울리는 소리가, 거인이 소리를 지르는 것처럼 포효하는 소리가 울려 퍼지곤 했다.

하지만 이런 나와 달리 아버지에게는 이 모든 풍경이 일상적이고 예상할 수 있는 모습이었다. 창문 밖의 세상은 내 눈앞을 순식간에 지나갔다. 나는 지나가는 풍경 속에서 내게 보이는 것과 보이지 않는 것을 상상했다. 목초지를 가로질러 구불구불하게 이어지는 도로, 언덕을 따라 올라갔다 내려갔다 하다가 갑자기 방향을 바꾸어 숲속으로 자취를 감춘 붉은 흙길, 이름 모를 다리가 걸쳐져 있는 강 등 어떤 것들은 내가 상상했던 모습 그대로 눈앞에 나타났다. 깜깜한 어둠 속을 지나다 보면 저 멀리 있는 집의 열린 대문 사이로 불빛이 보였고, 이른 아침 기차가 지나갈 때면 어린아이들은 하던 일 ─ 그들은 아마 블랙베리나 자두를 따고 있었던 것 같다 ─ 을 멈추고 기차를 바라보곤 했다. 그때 나는 기차가 그곳을 지난 후에도 그들이 여전히 그곳에 있으리라고 생각하지 못했다. 그때는 물론 그 뒤로도 오랫동안 나는 환상 속을 지나가고 있었다.

나는 아버지가 세상을 떠난 뒤에서야 ─ 우리는 부모님이 세상을 떠나고 나서야 부모님에 대한 중요한 사실을 뒤늦게 깨닫는다—아버지가 기차가 지나다니는 길을 얼마나 속속들이 잘 알았는지, 또 아버지가 그 길을 익히게 된 동기가 무엇이었는지 이해했다. 부모님이 막 연애를 시작했을 당시 어머니는 웨스트버지니아에 있는 산골 학교에서 선생님 일을 하고 있었고, 아버지는 고향 오하이오를 떠나 웨스트버지니아에 있는 한 목재 회사에서 일하고 있었다. 이후 결혼을 결심한 두 사람은 지금까지 한 번도 가보지 않은 먼 곳에서 새로운 삶을 시작하기로 했고, 함께 새로운 모험을 할 장소로 미시시피 잭슨을 선택했다. 그곳은 1904년 오하이오와 웨스트버지니아 산골에서만 살던 사람들에게 오늘날 태국 방콕만큼이나 새롭고 먼 곳이었다. 아버지는 먼저 잭슨으로 이사해 당시 잭슨에 막 생겨난 한 신생 보험사에 일자리를 얻었다. 바로 라마 생명보험사였다. 그곳에 가자마자 승진 기회를 얻은 아버지는 라마 보험사의 서기와 임원이 되었고, 평생을 그 보험사에서 근무했다. 잭슨에서 일자리를 얻은 아버지는 곧바로 집 구하기에 착수했다. 당시 잭슨은 6천~8천 명의 인구가 거주했던 마을로, 아버지는 그곳에 직접 집을 짓기 전까지 임시로 살 만한 집을 물색했다. 그렇게 잭슨에 먼

저 가 있던 아버지는 어머니와 약혼해 있는 동안 여건이 되기만 하면 수천 킬로미터를 이동해 어머니를 만나러 왔다. 그리고 서로 떨어져 있는 날에는 매일, 가끔은 하루에 두 번씩 같은 기차 편으로 편지를 주고받았다.

어머니는 그 당시 아버지와 주고받았던 편지를 빠짐없이 보관해 두었다. 편지들은 우리 집 다락방에 있는 트렁크 가방—여름마다 웨스트버지니아와 오하이오에 가족 여행을 떠날 때 기차에 싣고 간 그 트렁크 가방—에 보관되어 있었는데, 나는 그 편지들을 열어 보면서도 딱히 부모님의 영역을 침범한다는 생각이 들지는 않았다. 나는 편지를 읽으면서 그동안 단 한 번도 상상하지 못했던 젊고 또 미숙하지만 희망과 기대에 가득 찬 부모님의 모습이 편지 속에서 살아나는 것을 느꼈다. 편지 곳곳에 드러나는 어머니의 목소리는 익숙했다. 하지만 아버지의 목소리는 금방 알아차릴 수 있을 만큼 익숙하지 않았다. 하루에도 몇 번씩 보냈다던 아버지의 편지에는 열정적이고, 직접적이고, 애정 어린 표현과 긴박함의 감정이 실려 있었고, 그것은 어머니와 아버지 사이에 가로놓인 머나먼 거리—내가 그때 아버지와 함께 기차를 타고 지나갔던 그 거리—를 무색하게 만들었다. 나는 그 안에서 어머니에 대한 아버지의 사랑은 물론, 아버지의 모든 삶을 있는 그대로 느낄 수 있었다.

어렸을 때 나는 기차를 타고 가면 나는 가만히 있고 바깥세상이 나를 지나간다고 생각했다. 그러다 자기중심적인 어린 시절이 지나면서 바깥세상은 가만히 있고 대신 내가 지나가는 것임을 알게 되었다. 하지만 기차 밖으로 보이는 풍경에서 어떤 의미를 찾을 수 있게 된 것은 내가 정식으로 작가 활동을 시작한 20대가 지나고 난 뒤였다. 그때가 되어서야 (지금 내가 아버지를 떠올리고 있듯) 나는 세상을 보면서 과거의 기억을 떠올리고, 내가 발견한 세상에서 사랑을 느끼고, 또 무언가를 알고자 하는 욕구가 나의 내면 안에 끊임없이 이어지고 있음을 깨달았다. 이는 처음에는 세상과 연결되고 싶다는 불안한 마음이었지만, 이후에는 세상과 연결되고 싶다는 열망으로 바뀌었다. 내가 이 같은 바깥세상의 존재를 처음으로 알게 된 것은 여행을 통해서였다. 내가 세상의 일부가 되기 위해 나의 내면을 들여다보게 된 것 역시 여행을 통해서였다.

쉽게 말하면 외부세계는 나의 내부세계를 구성하는 핵심 요소다. 내가 쓴 소설에는 내가 은밀하게 경험했던 외부세계의 모습이 정교하게 반영되어 있다. 나는 내가 살아 있는 세계에서 보고, 듣고, 배우고, 느끼고, 기억하는 것을 양분으로 상상의 나래를 펼친다. 하지만 내가 어렸을 때 보았던 바깥 세계와 내부세계가 진짜 현실과 다르다는 사실은 훗날 어른이 되어서야 천천히 깨달을 수 있었다.

당시 미시시피에서 가장 좋은 대학은 잭슨에 있는 사립 인문대학이었지만, 나는 늘 지나다니던 동네에 있는 대학 말고 내가 가보지 않은 먼 곳에 있는 대학에서 공부하고 싶었다. 하지만 부모님은 열여섯의 어린 내가 집에서 너무 멀리 떨어진 곳으로 가는 것을 탐탁지 않게 생각했다. 미시시피 여자 주립대학교는 어느 정도 명성도 있으면서 잭슨에서 북쪽으로 322킬로미터밖에 떨어지지 않은 좋은 대안이었다.

미시시피 여자 주립대학은 지금까지 내가 한 번도 경험한 적 없는 완전히 새로운 세상이었다. 그곳에는 델타, 파이니 우즈, 걸프 코스트, 블랙 프레리, 레드 클레이 힐부터 잭슨—잭슨은 미시시피의 주도이자 미시시피에서 유일하게 자체적인 규모를 갖춘 도시였다—까지 미시시피 곳곳에서 온 무려 1,200명의 여학생들이 있었다. 당시 이 지역들은 지리적으로 명확하게 구분되어 있었던 터라 학교에서는 학생들의 통일감 차원에서 우리에게 전부 네이비블루색의 교복을 입게 했다. 그럼에도 불구하고 우리는 각자의 억양, 태도, 식사 습관, 수업에 참여하는 방식 등을 통해 어느 지역 출신인지 금세 알 수 있었다. 나는 이곳에 와서 미시시피 사람들의 겉모습은 다 똑같아 보여도 우리의 출신 배경, 신념, 성격은 천차만별이라는 사실을 난생처음 깨달았다. (그것도 학생들이 전부 백인임을 고려하면 차이점의 절반만 본 것이나 다름없었다.) 그곳의 대학 사회는 외부와 단절되어 있었지만 그 안에는 나름의 생동감과 활기가 넘쳤다. 우리 학교에는 '없는 것'과 '있는 것'이 있었는데, 그 당시 나는 그것이 얼마나 중요한지 잘 몰랐다. 없는 것이란 미시시피주 의회로부터 받는 예산, 즉 돈이었고, 있는 것이란 우리에게 늘 **수준 높은** 교육을 제공하는 훌륭한 교수진이었다. 미국에서 가장 역사가 오래된 공립대학인 우리 대학은 이처럼 재정적인 어려움과 과도하게 많은 학생 규모라는 이중고에 시달렸지만, 학교는 결코 미시시피만의 전통적인 색깔을 잃지 않았다. 이는 학교에 평생을 헌신하는 교수진의 세심하고 질 좋은 교육 덕분이었다.

학교는 늘 학생들로 북적거렸다. 비 오는 날이면 학교 지하실에 있는 메일룸은 편지를 수령하러 온 학생들로 전쟁터를 방불케 했고, 그 주변에는 링 던지기 놀이를 하는 여학생들, 실내 체육 수업을 하기 위해 지하실로 내려온 교사와 학생들로 가득했다. 체육 수업 시간에 연주하는 피아노 소리는 집에서 온 편지와 먹거리 소포를 뜯어보며 흥분하는 여학생들의 소리에 파묻히기 일쑤였다. 우리는 학교에서 채플 수업을 필수로 들어야 했는데, 교가를 부르는 것만 해도 15분이나 되다 보니 몸이 허약하고 영양실조에 걸린 학생들은 채플 수업 중 쓰러지는 일도 간혹 있었다.

내가 살았던 올드 메인 기숙사는 1860년에 지어진 건물이었다. 이 기숙사는 1학년 학생들로 가득했고, 기숙사 4개의 층은 가파른 나무계단으로 연결되어 있었다. 각각의 층에 위치한 방은 3~4명, 어떤 때는 6명이 다 같이 사용했다. 기숙사와 멀지 않은 곳에서 채플 종소리가 울리면 종소리의 진동이 우리가 누워 있는 침대까지 느껴졌다. 우리는 수업을 들으러 나갈 때나 잠자리에 들기 전 잠깐 기숙사 밖으로 나갈 때 정문보다는 비상통로를 통해 밖으로 나가곤 했다.

철골 파이프 형태로 만들어진 비상통로는 아래쪽으로 기울어진 나선형 통 모양의 슈트였다. 슈트에는 각 층마다 연결되는 구멍이 있어 화재 대피 훈련을 할 때면 그 구멍을 통해 모든 층에 있는 학생들이 비상통로로 빠져나왔다. 그렇게 통로를 타고 빙글빙글 돌면 통로 끝에 있는 구멍을 통해 땅으로 떨어질 수 있었다.

학교에서 혼자만의 시간을 갖기란 거의 불가능했다. 혼자 독립적인 시간을 보낼 수 있는 것은 오로지 음대생들뿐이었다. 봄날 저녁이 되면 우리는 음대 건물 연습실의 열려 있는 창문을 통해 음대생들이 혼신의 힘을 다해 노래하는 소리를 들을 수 있었다. 그들은 대개 「살리마에서 내가 사랑했던 창백한 손」 같은 노래를 불렀는데, 물론 노래를 부르던 그 여학생은 자신을 사랑하는 누군가가 자기에게 그 노래를 불러 주는 것이라고 상상했을 것이다. 어떤 날에는 같은 연습실 창문에서 낮은 후두음으로 부르는 낯선 노랫소리가 들려올 때도 있었다. 느릿느릿하게 시작하던 그 노랫소리는 곧 극적인 크레셴도로 이어지곤 했는데, 우리 1학년들은 아마도 폴 선생님이 그 노래의 주인공이지 않겠냐고 추측했다. 바람에 휘날리는 흰 머리가 인상적이었던 폴 선생님은 체육 담당 교사로, 러시아 출신인데 과거에 사랑에 배신당한 적이 있다는 소문이 있었다. 하지만 선생님에게 사랑에 배신당한 과거가 있든 없든, 선생님도 우리와 똑같은 미시시피 사람이었다.

기숙사 문이 잠기기 전, 취침 시간이 가까워 오면 나는 비상통로를 타고 밖으로 나가 나만의 시간을 즐겼다. 캠퍼스의 분수대 주변을 거닐다 보면 머릿속에 시가 떠올랐다. 대학교 책방에서 구입해 내 책장에 꽂아 둔, 미시시피의 대표적인 시인 윌리엄 알렉산더 퍼시의 시집 『어느 4월에』에 수록된 시였다. 그의 시집에 첫 번째로 수록된 작품은 그가 뉴욕에서 쓴 「고향」이라는 제목의 시였다.

내게는 고요함과 별들이 필요하다.
너무도 많은 것들이 너무도 시끄럽게 이야기되기에 아찔할 지경이다.
회오리치는 무한함이 만드는 비단결 같은 소리가
시끄러운 함성에 묻혀 사라진다…

세상 모두가 잠들어 있는 그 시간, 작은 마을과 철제 게이트로 둘러싸인 학교 캠퍼스를 산책하며 홀로 시를 낭송하는 그 시간 내 곁에는 **오로지** 고요함과 별들만이 존재했다. 시가 고향에 대한 향수를 불러일으키지는 않았다. 아름다운 봄의 늦은 밤, 나는 시를 읽으며 아름다운 봄의 늦은 밤을 **염원할** 뿐이었다. 내가 원하는 것은 아름다운 봄의 늦은 밤 속에 **빠져드는** 것이었다. 시의 내용이 무엇이든——시의 제목이 「고향」이라는 것은 내게 중요하지 않았다——그 시는 내게 저 머나먼 낯선 장소를 이야기하고 있었다.

나는 학교에 입학하자마자 운 좋게도 학교 신문사인 '스펙테이터'에서 1학년 기자로 활동할 수 있는 기회를 얻었다. 나는 신문에 유머러스한 글들을 게재했고, 지면을 통해 내 능력을 뽐낼 수 있다는 사실에 큰 위안을 받았다. (한번은 브로드웨이 연극 「박쥐」를 보고 와서 학교 신문에 「각다귀」라는 단편을 쓴 적이 있었다. 이야기는 우리 학교 체육복——네이비블루색의 서지 원피스에 무릎 아래까지 내려오는 주름 반바지, 흰색 테니스 슈즈——을 입고 사람처럼 변장한 각다귀 한 마리가 늦은 시간 대학교 도서관을 방문해서 벌어지는 사건들로, 첫 장면은 각다귀가 도서관 사서에게 "컬버트슨 부인, 연체료를 내러 왔습니다"라고 말하자 사서가 각다귀를 보고 비명을 지르는 것으로 시작된다.) S. J. 페럴맨, 코리 포드의 소설과 『저지』에 나오는 유머러스한 단편들을 좋아했던 나는 나도 언젠가 그들처럼 글을 쓸 날이 오지 않을까 상상했다.

언젠가 대홍수로 톰비그비강이 범람해 콜럼버스와 미시시피강이 물에 잠겼을 때 나는 학교신문 만우절 호에 유머러스한 글 한 편을 기고했다. 강이 범람하면서 1학년 학생들 몇 명이 안타깝게 익사했지만, 이런 불가항력 덕분에 다른 학생들이 기숙사를 더 넓게 사용할 수 있게 되었다는 이야기였다. 그로부터 몇 년 뒤, 나는 학교신문을 발간하는 신문사의 기자로부터 이런 이야기를 전해 들었다. 문예 비평가인 헨리 루이스 멩켄이 내가 그때 썼던 글을 미국 남부 지역의 전형적인 이야기라고 평가해 잡지 『아메리칸 머큐리』에 소개했다는 이야기였다. 그 덕분에 나는 주변에 아무리 둘러봐도 학생들뿐이었던 대학 도시에서 뜻밖에 유명인과 어울릴 수 있었다. 그는 만난 지 얼마 되지 않아 내게 볼테르의 소설 『캉디드』를 빌려주기도 했다! 그 책은 당시 모던라이브러리에서 갓 출판된 것으로(아마 그 출판사에서 처음 출판된 책이었던 것 같다), 책의 두께가 얇고 가죽 느낌의 표지가 덧대어져 있어 책을 쥐고 있으면 금세 손에 따스함이 전해졌다.

하지만 가장 중요한 배움은 학교 교실 안에서 이루어졌다.

학교의 유일한 남자 교사였던 로렌스 페인터 선생님은 평생을 미시시피 여자 주립대학에 바쳤다. 선생님의 담당과목은 2학년을 대상으로 한 영문학 수업으로, 우리는 선생님의 수업 시간에 「여름이 왔도다」부터 「나는 죽음과 만남을 약속했다」까지 다양한 문학작품을 공부했다.[1] 그 당시 잘생기고, 지적이고, 옅은 갈색 머리의 외모였던 선생님은 학생들 사이에 인기가 몹시 많았다. 선생님이 책을 펴고 글을 낭독하기 시작하면 교실에는 오로지 정적만이 감돌았다.

고등학교 1학년 때, 우리는 초서의 『캔터베리 이야기』에 나오는 「감미로운 소나기가 내리는 어느 4월」을 암기해야 했던 적이 있었는데, 이 낯선 중세의 영어로 된 시는 라틴어로 쓰인 『아이네이스』만큼이나 우리 귀에 생소하게 들렸다. 그때 나는 시가 주는 직관적인 아름다움을 이해할 준비가 되지 않은 상태였다.

페인터 선생님의 수업과 이후 위스콘신 대학의 미술 수업은 내게 충격적인 경험이었다. 미시시피 주립대학에서는 미술 시간에 주로 정물화를 그렸던 반면, 위스콘신 대학에서는 과일이 담긴 그릇, 유리병, 도자기 대신 실제 사람을 그리

1 「여름이 왔도다」(Summer is y-comen in)는 영국 중세시대의 돌림노래, 「나는 죽음과 만남을 약속했다」(I have a rendezvous with Death)는 20세기 미국 시인 앨런 시거(Alan Seeger)의 시.

는 것이 과제였다. 우리가 이젤 앞에 앉으면, 젊은 여자 모델이 입고 있던 가운을 살며시 벗어 바닥에 떨어뜨리고는 우리보다 조금 높은 단상 위에 알몸을 드러낸 채 아주 침착한 태도로 포즈를 취했다. 마찬가지로 영문학 시간에 페인터 선생님이 시를 낭송하면 시는 마치 누드모델처럼 교실 안으로 저벅저벅 들어와 우리 눈앞에, 우리 주변에 오롯이 존재했다. 시가 낭송되는 영문학 수업은 살아 있는 모델을 그리는 미술 수업과도 같았다.

3학년이 되던 해 위스콘신 대학으로 편입한 뒤 나는 스스로에 대해 한 가지 사실을 깨달았다. 바로 내가 소설을 쓸 때 최근 경험한 (아직 진행 중인) 상황을 등장시키는 경향이 있다는 것이었다. 내가 이를 깨닫게 된 계기는 한 중년의 남성이 등장하는 소설을 쓰게 되면서였다. 미국 중서부의 농장 지대 출신인 소설의 주인공은 매사 무뚝뚝하고 불만이 많은 언어학 교수로 작중에서 인생의 고비를 맞이한다. 그 소설의 배경은 뉴올리언스다. 어느 날 밤, 그는 한 여자와 길을 걸으며 그녀에게 처음으로 자기 속마음을 털어놓는다. (두 사람이 작별 인사를 하는 대목이다.)

그는 자신이 위스콘신 대학교에서 겪은 경험에 대해 이렇게 이야기한다.

"내가 예이츠의 작품을 발견하게 된 것은 그때 그 도서관에 있는 책을 읽으면서였어요. 나는 창가에 서서 그날 오후 반나절 만에 그의 초기 작품과 후기 작품을 전부 읽었죠… 나는 책 더미에 서서 창밖에 내리는 흰 눈 빛에 의지해 「비잔티움으로의 항해」를 읽었어요. 문밖으로 나가면 눈 속으로 걸어 들어갈 수 있듯, 나는 그 자리에서 내가 움직이면, 한 발짝 앞으로 나가면 내가 시 안으로 들어갈 수도 있을 것 같은 느낌을 받았어요. 내 어깨 위에 눈이 내리듯 시가 내 어깨 위에 내릴 것만 같았죠. 폭설처럼 쏟아지는 시를 맞으며 걷고, 그 안에서 살고, 심지어 그 안에서 죽을 수도 있겠다는 생각이 들었어요. 그때부터 시를 **배우고** 싶어졌어요." 그는 이렇게 말했다. "시를 배우겠다고 스스로에게 말했어요. 시의 세상으로의 초대를 받아들이기로요."

위 대목에 등장하는 눈 내리는 장면과 기타 모든 것은 모두 나의 경험이었다. 내가 그때 가장 감명 깊게 읽었던 예이츠의 시는 「방황하는 엥거스의 노래」로, 그로부터 15년쯤 뒤 나는 그 시를 단편소설집 『황금 사과』의 이야기 전체를 관통

하는 주제로 삼았다.

내가 예이츠의 시를 읽으면서 느꼈던 감정의 본질을 설명할 수 있는 단어를 찾게 된 것 역시 위스콘신 대학에서였다. 리카르도 킨타나 선생님은 조너선 스위프트와 존 던의 작품을 다루며 그 단어의 진정한 의미와 함축성을 이야기해 주었다. 그 단어는 바로 **열정**이었다.

어머니는 작가가 되고 싶다는 나의 꿈을 정신적으로 지지해 주었다. 그리고 아버지는 내게 첫 영어사전인 웹스터 사전을 사주고, 사전 안쪽의 백지에 내 이름(아버지는 항상 내 중간이름이자 아버지의 어머니 이름인 앨리스를 함께 써주었다)과 날짜(1925년의 어느 날이었다)를 적어 주었다. 나는 지금도 글을 쓸 때 그 사전을 참고하곤 한다. 내가 작가가 되면 재정적으로 풍족하지 못할 것이라는 상당히 현실적인 걱정과 의구심을 표했던 사람도 다름 아닌 아버지였다. 그럼에도 불구하고 아버지는 내게 나의 첫 타자기인 빨간색의 로얄 타자기를 사주었고, 나는 위스콘신으로 이사할 때 그 타자기를 이삿짐에 넣어 가지고 갔다. 아버지의 걱정을 알고도 내가 작가의 길을 걷겠다고 말했을 때, 그리고 작가가 된다 해도 원고료를 잘 받기는 어려울지도 모른다고 말했을 때 아버지는 내게 마음 가는 대로 하라고 했다. 단, 아버지는 작가 외에 다른 직업을 갖고 생활비를 벌면 좋겠다고 덧붙였다. 당시 부모님은 내가 미시시피 주립대학보다 더 먼 곳에 있는 위스콘신 대학에서 3, 4학년을 마치는 것을 흔쾌히 승낙한 터였다—아버지는 위스콘신 대학의 인문학 분야가 유명하다는 것을 알고 위스콘신에 진학할 것을 권했다. 위스콘신 대학을 졸업한 뒤에도, 부모님은 뉴욕에 있는 컬럼비아 경영대학원에 진학하겠다는 내 의사를 지지해 주었다. (나는 작가가 되고 싶다는 생각이 확실했고, 교사가 되고 싶지 않다는 생각도 확실했다. 무엇보다 내게는 다른 사람을 가르칠 만한 자질과 이타심, 인내심이 부족했고, 한번 교사 일에 발을 들이면 빠져나올 수 없을지도 모른다는 괜한 생각이 들기도 했다. 흥미로운 사실은 나는 교사 일 자체는 흥미가 없었지만 내 소설에 가장 빈번하게 등장하는 주인공들의 직업은 학교 교사라는 점이다.)

비록 아버지가 직접 언급하지는 않았지만, 나는 아버지가 작가의 길을 선택한 나의 결정을 탐탁지 않게 여겼던 또 다른 이유가 있음을 알고 있었다. 아버지는 책 읽기를 좋아했으나 소설은 그다지 좋아하지 않았다. 소설은 허구이기 때문에 언제나 사실보다 열등할 수밖에 없다고 생각했기 때문이었다. 소설 읽기를 시간 낭비라고 생각했던 아버지에게는 소설을 쓰는 것도 시간 낭비였던 셈이다. (아버지는 왜 유머소설도 시간 낭비라고 생각했을까? 아버지와 내가 모두 좋아했던 우드하우스의 작품은 완벽한 유머소설이었는데 말이다.)

하지만 그때 나는 아버지에게 내가 무엇을 할 수 있는지 증명해 보일 시간도, 내가 하고자 하는 일에 대한 아버지의 의견을 들어 볼 시간도 부족했다.

아버지는 캐피톨가에 새로 지어진 라마 생명보험사 사옥에 큰 관심을 보였다. 1925년에 완공된 새 사옥은 당시 "잭슨 최초의 마천루"로 불렸다. 흰 대리석으로 만들어진 우아하고 인상적인 고딕 양식의 건물은 13층의 높이였고, 건물 꼭대기에는 시계탑이 있었다. 그 사옥을 지은 텍사스 포트워스 출신의 건축가로부터 아버지가 직접 들은 바에 의하면, 사옥은 바로 옆에 위치한 교회 건물과 길 건너에 있는 주지사 관저와 조화를 이룰 수 있게 설계되었다고 했다. 아버지는 특히 건물 정문에 있는, 미시시피 악어를 형상화한 괴물 석상을 마음에 들어했다.

사옥이 지어지는 동안, 아버지는 대개 일요일 아침에 가족들을 데리고 건물 구경을 시켜 주었다. 한 층씩 위로 올라가 구경하던 우리는 마침내 비상계단으로 건물 꼭대기까지 올라갔다. 아직 작동하지 않는 시계탑을 등지고 건물 옥상 위에 선 우리 눈앞에는 잭슨의 풍경이 시선 닿는 곳까지 널리 펼쳐져 있었다. 잭슨과 잭슨 너머에 있는 "시골"의 경계에는 푸른 숲이 있었다. 그때까지만 해도 그곳에는 거대한 펄강과 아직 개발되지 않은 타운 크릭이 굽이굽이 이어져 늪을 이루고 있었다. 우리는 마치 지도 위의 한 지점에 서 있는 것처럼 느껴졌다.

사옥이 개장되던 날, 건물에는 1층부터 꼭대기 층까지 모든 층에 불이 켜졌다. 사옥에는 보험사 ─ 당시 아버지의 회사는 다른 남부 주들까지 영업 활동 반경을 넓힌 상태였다 ─ 의 리셉션 행사가 열렸다. 행사에서 발표를 맡게 된 아버지는 이렇게 말했다. "우리는 새 사옥을 짓기 위해 은행에서 돈을 빌리지도, 채권을 발행하지도 않았음에도 불구하고 성공적으로 자금을 조달했습니다. 이 사옥은 현재는 물론 앞으로도 우리 보험사 고객들을 위한 중요한 자산으로서 그 역할을 다할 것입니다."

이때가 아버지 인생의 최고 전성기였다. 새 보험사 사옥이 지어지던 그해 우리 집도 함께 지어졌는데, 우리 집을 지어 준 사람은 다름 아닌 그 보험사 건물을 시공했던 건축가였다. 우리 집이 지어진 완만한 언덕 ─ 어머니는 이 정도로 완만한 경사는 언덕이라고 생각하지도 않았다 ─에는 원래 소나무 숲이 있었고, 마을로 이어지는 자갈길이 놓여 있었다. 우리 집은 회반죽과 벽돌, 대들보를 사용해 만들어진 튜더식 건물로 당시 유행하던 형태의 집이었다. 우리 가족이 새집으로 이사한 뒤 어머니는 정원을 가꾸기 시작했다.

아버지는 그로부터 6년 뒤 세상을 떠났다.

보험사 건물은 현재 다른 크고 화려한 건물들에 가려져 있어, 짐작건대 아버지가 늘 바랐던 것처럼 어디에서나 시계탑의 시계를 볼 수 있는 그런 독보적인 지위를 잃고 말았다. 하지만 주변에 우뚝 선 다른 건물들의 압도적이고 때로는 무자비한 모습과는 다르게, 그 건물의 우아함과 완벽한 균형은 지금도 그대로다. 건물이 개보수되면서 정문에 있던 악어 모양의 석상은 철거되었다. 그러나 라마 생명보험사는 지금도 계속 그 건물을 본사로 사용하고 있으며, 그곳 사람들은 여전히 아버지를 기억하고 있다.

나와 남동생들 가운데 사업에 대한 아버지의 열정을 물려받은 사람은 아무도 없었다. 하지만 건설에 대한 아버지의 창의적인 사고방식, 건물이 지어지는 모습을 보며 아버지가 느꼈던 자부심, 삼면이 유리로 둘러싸인 10층짜리 사무실에서 창문을 열고 일하는 것을 즐겼던 아버지의 성격은 에드워드가 가져간 것 같았다. 훗날 건축가가 된 에드워드는 특히 설계 분야에서 두각을 나타냈고, 잭슨에는 그가 만든 여러 공공기관 건물과 주택들이 곳곳에 남아 있다. 월터는 아버지의 직종을 그대로 이어받았다. 대학원에서 수학을 전공한 월터는 이후 아버지처럼 보험사(라마 생명보험사는 아니었지만)에 취직했다.

라마 생명보험사는 보험 사업과 함께 라디오 방송 사업을 시작했다. 새로 지어진 시계탑 건물 1층에 있는 작은 방에는 방송국 사무실이 들어섰다. 아버지가 세상을 떠난 후 대공황이 계속되어 경제적 상황이 좋지 못했던 관계로 나는 그 라디오 방송국에 파트타임으로 취직했다. 나는 그렇게 사람과 사람의 의사소통을 담당하는 방송국, 그 시계탑 건물에 있는 미시시피 최초의 라디오 방송국에서 첫 월급을 받았다. 아버지가 알았더라면 흡족해할 것이라는 생각이 들었다.

나의 첫 번째 풀타임 직업은 작가로서의 커리어를 막 시작한 내가 전혀 상상하지 못했던 굉장한 경험이었다. 나는 공공산업진흥국이라는 정부기관에 수습 홍보기자 자리를 얻었다. (공공산업진흥국은 당시 대공황을 극복하기 위해 루스벨트 대통령이 시행했던 여러 뉴딜 정책 기관 가운데 하나였다.) 미시시피 전역을 여행하며 새로운 이야기를 취재하고 사진을 촬영하는 홍보기자 일은 난생처음으로 내 고향 미시시피를 가까이에서 제대로 관찰할 수 있는 기회였다.

그곳에서 수년 동안 일하며 나는 그 당시의 황폐했던 시절을 기록한 수백 장의 사진들─그 사진들 속의 피사체는 인위적인 포즈를 취하지 않은 삶의 모습 그 자체였다─을 차곡차곡 모았다. 하지만 내가 가장 중요한 배움을 얻었던 것은 사진을 **찍는** 순간, 사진을 **찍는** 행동을 통해서였다. 카메라는 무언가를 알고자 하는 욕망을 실현할 수 있는 도구였다.

사진 촬영은 내게 정확한 정보 전달 이상으로 중요한 것이 있음을 가르쳐 주었다. 나는 사진을 찍으며 **준비**된 자세를 갖추는 것이 얼마나 중요한지 깨달았다. 삶은 정지된 것이 아니다. 좋은 사진은 어떤 순간이 사라지기 전 그 순간을 포착한다. 나는 결정적인 순간 카메라 셔터를 누를 준비를 함으로써 그 찰나의 순간을 담아내는 것이 사진 촬영에서 가장 중요한 요소라는 것을 배웠다. 가지각색의 상황에 놓인 사람들의 모습을 촬영하며 나는 사람들의 몸짓에 다양한 감정이 실려 있음을 이해했고, 이런 순간이 내 눈앞에 나타났을 때 그것을 인식할 준비가 되어야 함을 배웠다. 이는 사진가뿐만 아니라 소설가가 반드시 알아야 할 것이기도 했다. 나는 이 세상에 내가 존재하는 동안 글을 통해 찰나의 삶을 포착해야 겠다는 강력한 열망을 느꼈다. (우리 삶 속에는 오로지 글을 통해서만 표현할 수 있는 것들이 생각보다 많다.) 나는 처음부터 사진가나 기록자의 입장이 아닌, 소설가의 입장에서 사진 촬영에 임했다.

미시시피의 마을을 지나다 보면 길가에서 멀리 떨어진 농장 앞마당에 유리병이 꽂혀 있는 나무가 한 그루 또는 여러 그루 서 있는 모습을 흔히 볼 수 있다. 언젠가 나는 푸른색, 오렌지색, 녹색의 유리병이 나뭇가지마다 꽂혀 있는, 가지만 앙상하게 남은 백일홍 나무를 사진에 담은 적이 있었다. 각각의 유리병들이 햇빛을 반사해 알록달록하게 빛난 덕분에 나무는 복숭아꽃이 한창 만개한 나무들에 둘러싸여 있음에도 단연 돋보였다. 그로부터 얼마 후, 나는 젊음과 늙음에 대한 단편소설 「리비」에서 오만하고 소유욕이 강한 늙은 남편과 남편의 죽음 이후 뒤늦게 꽃 같은 청춘을 맞이하게 된 한 젊은 여인의 삶을 이야기한 바 있었다. 작중에서 늙은 남편인 솔로몬이 몇 가지 끔찍하게 아끼는 소유물이 있는데, 그중에 하나가 바로 유리병이 꽂힌 나무다.

나는 유리병 나무를 처음 본 순간부터 내가 본 그 유리병 나무가 소설에 언젠가 언급될 것임을 알았다. 하지만 내 이야기에 등장하는 유리병 나무는 나의 상상력이 투사된 대상이다. 즉 현실성이 가미되었다는 점을 제외하면 내 소설 속 유리병 나무는 완전히 가상의 존재라는 말이다. 독자가 유리병 나무의 의미를 알게 되는 것도 작중 등장인물을 통해서다. 「리비」에서 유리병 나무는 극적인 의미를 갖는 중요한 장치로, 봄날의 타오르는 햇살 아래 사랑에 빠진 리비가 돌을 던져 부숴 버릴 수 있는, 언제든지 깨질 수 있는 취약성을 상징한다. 나는 유리병 나무가 그런 취약성을 표현할 수 있는 소재라고 생각했다.

나는 늘 나 스스로를 통해 무언가를 배웠다. 내가 초기에 집필했던 소설 중에 아직까지 한 부 보관하고 있는 이야기가 있는데, 프랑스 파리에서 영감을 받아 파리를 배경으로 쓴 세련된 소설이었다. 당시 새로 산 타자기로 썼던 그 소설의 첫 문장은 다음과 같이 시작했다. "무슈 불은 마드므와젤의 왼쪽 옆구리에 고운 단검을 찔러 넣고 한 치의 망설임도 없이 그곳을 떠났다." 유감스럽게도, 아버지가 "소설"이라고 생각했던 것의 전형적인 모습이 바로 이런 것이 아니었을까 싶다. 그로부터 10년 후, 나는 내 첫 출간소설 「방랑하는 세일즈맨의 죽음」에서 이 문장을 다시 등장시켰다. 나는 내가 어떤 이야기를 쓸 수 있는지 사람들에게 보여 주고 싶었다.

「공원의 곡예사」는 고향 미시시피 잭슨을 배경으로 한 이야기였지만, 이야기에 등장하는 유럽인과 곡예사, 간통 사건, (길 건너에서 바라본) 로마 가톨릭 교회는 내게 프랑스 파리만큼이나 낯선 존재들이었다. 실제로 나는 유랑 예술가들의 마법 같은 공연 예술에 퍽 매료되곤 했다. 내가 어렸을 때, 우리 마을에는 뉴올리언스에 가는 길에 들른 다양한 공연 예술가들의 공연이 열리곤 했다. 오페라 가수 아멜리타 갈리쿠르치, 마술사 블랙스톤, 피아니스트 이그나치 얀 파데레프스키, 연극 「고양이와 카나리아」, 코미디 뮤지컬 「추친쵸」 극단이 잭슨에서 공연을 가졌다. 우리 가족은 이 공연에 모두 참석

했다. 나의 초기 단편소설은 이런 유랑 예술가들로부터 영감을 받은 작품들이다. 가령 「바람」에는 당시 미국 전역을 돌아다니며 대중 계몽에 힘썼던 여성들이, 「스페인에서 온 음악」에는 세고비아 출신의 음악가가 등장한다. 지금도 마찬가지지만, 그 당시 나는 공연이 끝나면 덧없이 사라지는 예술가의 존재 — 예술가는 물론 그들의 덧없는 속성 — 에 깊게 매료되었다.

나는 「공원의 곡예사」를 쓰면서 그때는 내 이야기가 퍽 이국적이고, 내가 전혀 모르는 경험을 원천으로 한 독특한 이야기라고 생각했던 것 같다. 하지만 실제로 내 이야기는 나의 경험과 절대 무관하지 않은 것이었다. 소설은 미시시피 잭슨의 스미스 파크에 모인 한 무리의 곡예사들을 보여 주는데, 이들은 사실 한 **가족**이다. 스미스 파크는 우리 가족이 자주 갔던 공원이고, 그들이 그늘 아래 앉아 점심을 먹는 너도밤나무는 내게 아주 익숙한 나무다. 작중 가족의 아버지, 어머니와 그들의 자녀들은 서커스 곡예단이다. 이 소설의 핵심은 조로 가족들이 서로 몸과 몸을 맞물려 소위 '조로의 벽'이라는 인간 벽을 만드는 사건이다. 나는 조로 가족이 벽을 만드는 모습을 통해 가족이라는 집단이 외적인 압력을 받았을 때 얼마나 강인하게 버틸 수 있는지 보여 주고자 했고, 이를 보여 주기 위해 가공의 사건을 이야기했다. 공원에 온 사람들은 조로의 벽을 공원 조형물의 하나 정도로 생각한다. 그러던 어느 날 밤, 가장 위태위태했던 누군가가 삐끗하는 바람에 벽은 무너지고, 조로의 벽은 그렇게 해프닝으로 끝난다. 나는 「공원의 곡예사」 이후 다른 짧고 긴 소설들을 통해 가족 내부 성원과 외부인의 다양한 시점에서 바라본 가족이라는 집단을 이야기했다. 처음에는 접근방식에 다소 부족함이 있었지만, 나의 가장 본질적인 이야기는 그때부터 조금씩 존재감을 드러냈다. 이후에 발표된 나의 첫 성공작인 「방랑하는 세일즈맨의 죽음」은 내가 세일즈맨인 우리 집 이웃으로부터 들은 이야기에 영감을 받아 쓴 작품이다. 그는 북부 미시시피로 가는 기차 안에서 누군가 "그자가 땔감을 꾸려 갔네"라고 말하는 것을 들었다고 했다. 그것은 현실 속에서 들은 문장이었지만 서정적이고, 신화적이고, 극적인 분위기를 자아냈다. 그는 내게 그 표현을 몇 번이나 반복해서 이야기해 주었다.

나는 다른 소설들과 마찬가지로 「방랑하는 세일즈맨의 죽음」 역시 처음에는 대상과 거리를 두고 이야기를 시작했으나, 이야기를 전개하면서 대상에 점점 가까이 다가갔다. 나는 붉은 황토 언덕 위에 지어진 오두막집에서 무슨 사건이 일어나는지 가까이 다가가 이야기했다. (그 오두막집은 내가 야간 기차를 타고 지나가면서 보았던, 저 멀리 열려 있는 대문을 통해 난로나 전등의 노란 불빛이 새어 나오는 것을 보았던 그 집이었는지도 모른다.) 죽음이 임박한 세일즈맨은 그 오두막집에 들어가 그곳에서 벌어지는 일을 관찰하고 무언가를 깨닫는다.

그는 단 한마디도 할 수 없었다. 그는 그 오두막집에 무엇이 존재하는지 깨닫고 충격에 빠졌다. 그곳에는 결혼생활이, 행복한 결혼생활이 있었다. 그것이 전부였다. 그것은 누구나 누려 볼 수 있는 것이었다.

나는 「방랑하는 세일즈맨의 죽음」을 통해 새로운 소설 집필 방식에 눈뜨게 되었다. 나는 그 소설에서 처음으로 인간과 인간의 관계라는 실질적인 주제를 다루었고, 이는 내게 신선한 충격을 안겼다. 내가 백일몽을 통해 소설 쓰기에 입문했다면, 글쓰기 행위는 나를 소설 쓰기에 진정으로 발을 들이게 하고, 잠자고 있던 나를 일깨워 주었다.

자기 자신의 급박한 감정을 이야기하는 작가가 작중 대상과 거리를 둬야 한다는 것은 나의 개인적인 성격이자 본능적인 선택이었다. 나는 이야기에서 완전히 사라지지 않더라도, 나의 존재 —실은 이야기에 상당한 영향력을 가진 존재— 를 겉으로 드러내고 싶지 않았다. 나는 관점, 시선의 방향, 시선의 프레임을 통해 대상과 거리를 두었다.

　나의 초기 단편 「기억」은 무언가를 발견하는 과정에 대한 이야기다. 소설의 도입부는 다음과 같이 시작한다.

　내가 어렸을 때의 여름날 아침이었다. 나는 공원에 있는 작은 호수에서 수영을 한 뒤 모래밭 위에 누워 있었다. 어느덧 정오가 가까워 태양이 쨍쨍 내리쬤다. 저 멀리서 수영을 하는 사람이 남긴 솜털처럼 잔잔한 파동을 제외하면 호수 표면은 마치 빛나는 강철판처럼 아무 움직임 없이 정지되어 있었다. 나는 그곳에 누워 태양과 모래밭, 호수, 작은 정자, 앉은 자세 그대로 미동도 않는 몇몇 사람들이 나의 사각형 프레임 안에서 환하게 빛나는 것을, 아니 부릅뜨고 나를 바라보는 것을 보았다. 프레임의 가장자리에는 성경 속 이미지의 어두운 먹구름을 연상시키는 어두운 색의 떡갈나무들이 있었다. 이처럼 세상을 바라볼 때 손가락으로 작은 사각형을 만들어 대보는 행동은 미술 수업을 듣기 시작한 이후로 생긴 습관이었다.

평일 오전이었으므로 그 시간에 공원에서 자유를 즐길 만한 사람들은 학교나 회사에 가지 않아도 되는 어린이들, 아니면 아무 짝에도 쓸모없고 존재감 없는 인생의 노인들뿐이었다. 그 당시 내가 생각했던 모습은 그랬다. 그때 나는 내가 만나는 모든 사람과 내가 보는 모든 사건을 내 나름의 시각에서 판단했던 나이였다. 어떤 사람이나 사건이 내 생각, 심지어 내 희망이나 기대와 맞아떨어지지 않으면 그것은 내게 쓸모없거나 정도를 벗어난 것으로 보여, 보는 것조차 마음 아팠다. 나의 부모님은 세상에서 이처럼 가지런한 격자를 벗어나 제멋대로 자라는 포도덩굴 같은 존재를 내가 전혀 모르고 있다고 생각했다. 만약 내 눈앞에 나약하고, 열등하고, 미숙한 것들이 종종 나타나는 것을 알았더라면 부모님은 아마 크게 걱정했을지도 모른다.

나는 그때 내가 무엇을 보려고 그렇게 기다렸는지 지금도 잘 모르겠다. 하지만 그때는 분명 내가 기다리고 있는 무언가가 매 순간 내 앞에 있다고 생각했다. 나는 내 주변에 존재하는 모든 것을 진지한 시각으로, 또 나만의 시각으로 바라봐야 한다고 생각했다. 나는 그해 여름 내내 작은 호숫가 옆 모래밭에 누워 손가락으로 만든 사각형을 눈에 갖다 대고 그 사각형을 통해 세상을 바라보았다. 그 사각형 속의 모습은 일종의 투사된 이미지였다. 그 안에 무엇이 보이는지는 내게 중요하지 않았다. 세상만사에 뭔가가 숨겨져 있다고 생각하고, 낯선 이의 작은 행동에서조차 의미와 앞으로 다가올 일에 대한 전조를 읽어 내는 습관이 있던 나는 그 사각형 안에서 무엇을 보든 그 안에 삶의 비밀이 들어 있다고 생각했다.

주인공의 관찰은 어떤 확실한 결론에 도달하지는 못한다. 사실 이 어린 소녀가 사각형을 통해 바라보는 세상은 그리 예쁘지만은 않은 현실이다. 소녀가 마음속에 품고 있는 사랑에 대한 환상과 사각형 안에 나타난 현실을 타협할 방법은 무엇일까? 소녀의 비밀스러운 상상은 아무런 형체도 없고 상처 입기 쉬운 연약한 것이기에 소녀는 이제부터 자신의 상상을 숨겨야만 한다. 사각형 안을 들여다볼수록 소녀는 자신의 상상에 의문이 들 뿐이다. 소녀의 사각형은 사실 내가 기차를 타고 가며 창문으로 세상을 바라보며 상상했던 모습의 일부이기도 했다. 소녀는 그 사각형으로 세상을 바라보던 것을 멈추고, 꿈을 꾸든 깨어 있든 그 현실 속으로 들어간다.

또 다른 초기 작품인「정지된 순간」은 서로 닮은 점을 거의 찾아볼 수 없는 완전히 다른 세 남자가 어떤 곳에서 우연히 똑같은 대상을 바라보며 생각하는 바를 이야기하는 소설이다. 이 소설에 등장하는 주인공들은 모두 한 시대를 함께 살았던 실제 인물들로, 그들은 서로 친분은 없었으나 같은 시기에 같은 동네에 살았다고 전해진다. 소설의 장소적 배경은 미시시피의 한 평야, 시간적 배경은 소위 "경이로운 해"annus mirabilis로 불렸던 1811년이다. 그해 앨라배마에서는 유성우가 관찰되고, 나그네쥐 — 혹은 다람쥐였는지도 모른다 — 들이 멕시코만 바다에 뛰어들고, 강진으로 인해 미시시피강이 역류하고, 미주리주 뉴마드리드가 강진으로 황폐화되는 등 기록적인 사건들이 일어났다. 소설 주인공들의 실제 모델은 뉴잉글랜드 출신의 전도사인 로렌조 다우, 나체즈 길[2]에서 악명 높았던 강도이자 살인자인 존 머렐, 그리고 화가 존 오듀본이다. 이야기는 이들이 먹이를 먹고 있는 작은 왜가리 새를 바라보며 각자 상상의 나래를 펼치는 바를 보여 준다.

이후「정지된 순간」의 같은 모티브를 다른 소설에서 반복

2 미시시피 나체즈부터 테네시 내슈빌까지 이어지는 교역로.

한 적은 없었지만, 내 이야기에는 항상 어떤 상상과 꿈, 환상, 환영, 그리고 가장 환상적인 내면적 심상인 기억이 투사되어 있었다. 이런 존재들은 이야기를 만들어 내고 이야기를 이끌어 나갔다.

내가 세상을 바라보는 프레임 역시 시간이 지나면서 달라졌다. 나는 내 눈앞에 나타난 어떤 장면보다 그 장면의 상황이 더 중요함을, 그 상황보다 상황이 주는 의미가 더 중요함을, 그리고 이 모든 것보다 사람이라는 하나의 온전한 존재 —어떤 프레임에도 국한되지 않는 존재—가 훨씬 더 중요함을 깨달았다.

이야기나 소설을 쓰는 것은 작가가 경험한 사건들의 앞뒤 순서를 발견하고, 작가의 인생에 일어난 일들 사이에서 인과 관계를 밝히는 한 가지 방편이다. 나의 경우에는 그랬다. 이야기를 쓰다 보면 사건과 사건들 사이의 연결고리가 내 앞에 슬며시 모습을 드러내곤 한다. 저 멀리 아득하게 보이던 이정표에 가까워지듯 사건의 원인과 결과가 나름대로 밝혀지고 내게 가까이 접근해 오는 것이다. 그러면 그저 막연하게만 느껴졌던 각각의 경험들이 서로 연결되고 보다 큰 그림

안에서 보이게 된다. 그 순간 불현듯 한 줄기 빛이 나타나고, 마치 기차가 가던 방향을 틀면 지나쳤던 산이 눈앞에 다시 나타나듯 우리는 과거의 사건을 재조명함으로써 예전에는 미처 보지 못했던 의미가 자라났음을, 아니 지금도 자라나고 있음을 깨닫는다.

　나는 일흔 줄에 들어 부모님에 대한 이야기를 쓰는 지금에서야 과거에 부모님이 살아 있을 때는 전혀 알지 못했던 것을 깨달았다. 바로 부모님의 삶 속에 연속성이 있다는 사실이었다. 부모님에 대한 기억이 생생하게 남아 있는 사건들조차 그때는 그 사건들 사이의 연결고리를 이해하지 못했다. 내가 오늘날 부모님의 인생을—또는 내가 아는 다른 모든 이들의 인생을—보다 잘 이해하게 된 이유가 혹시 내가 소설가이기 때문일까? 물론 내가 다른 이들의 인생을 소설의 틀 속에서 본다는 말은 아니다. 그들의 인생은 내가 아는 어떤 미스터리보다도 미스터리한 존재다. 나는 단지 소설을 쓰면서 인생에 존재하는 미지의 영역을 존중할 수 있게 되고, 복잡하게 엉킨 실타래가 있는 경우 어디에서 실마리를 찾아야 하는지, 그 실마리를 어떻게 따라갈 것인지, 어떻게 연결고리를 찾을 것인지에 대한 감각을 익힐 수 있게 되었을 뿐이었다. 모든 일에는 실마리가 있고, 그 무엇도 기억 속에서 사라지지 않는다.

아버지가 오래전 유품으로 받았던 작은 책의 경우, 누구도 내게 그 책에 대해 말해 주지 않았지만 시간이 지나면서 나는 그 책이 지닌 의미를 깊이 이해하게 되었다. 아버지의 인생에 "늘 함께했으면" 하는 바람으로 아버지의 생모가 세상을 떠나던 날 남겼던 작별의 메시지, 아버지가 그리 오래 살지 못할 수도 있다는 의사의 메시지, 묵묵히 십자가를 지고 불평하지 말라고 말한 고모의 메시지는 아버지의 삶에 실제로 늘 함께했다. 아버지는 글 읽는 법을 배우기 시작했을 때부터 그 모든 메시지들을 곰곰이 생각하고 또 생각했을 것이다. 나는 아버지가 생명보험사를 직장으로 선택하고 혼신의 힘을 다해 사업에 정진했던 것이 그저 신념에 의해서가 아니라 그보다 심오한 다른 이유가 있을 것이라고 생각했는데, 그것은 바로 사업에서의 성공이 인생에 존재하는 대부분의 문제들 ─ 가족들의 안정된 생활, 편안함, 행복을 보장하고 특히 자녀들에게 확실한 교육의 기회를 주는 것 ─ 을 해결할 수 있다는 것이었다. 이는 아버지가 과거에 집착하지 않았던 한 가지 이유이기도 했다. 아버지는 삶을 미래의 시각에서 바라보았고, 자녀들에게 그 미래를 보여 주기 위해 일했다.

이와 동시에, 아버지의 활기찬 낙천주의의 깊은 이면에는 언제나 죽음에 대한 인식이 있었다. 그것은 특히 부모의 죽음에 대한 것이었다. 신중함과 조심스러움은 아버지의 가정생활과 직장생활에 있어 가장 두드러진 특징이었는데, 아마도 아버지가 그처럼 신중하고 조심스러운 삶의 방식을 택하게 된 계기는 일곱 살 때 겪었던 생모의 죽음, 훌륭한 사람으로 자라 나중에 천국에서 만나자는 유언만 남기고 세상을 떠났던 그 생모의 죽음이었는지도 모른다.

희한하게 외할아버지 네드 앤드루스도 과거는 잊고 미래를 향해 앞으로 나아가는 인간의 진취성을 높이 사곤 했다. 하지만 외할아버지와 아버지의 성격과 자기표현 방식은 좀처럼 닮은 점을 찾기가 어려울 만큼 완전히 딴판이었다. 사실 외할아버지와 아버지는 서로 만난 적조차 없었다. 두 사람의 유일한 공통점은 어머니가 사랑했던 사람들이라는 것뿐이었다. 어머니가 외할아버지와 아버지의 성격 가운데 가장 마음에 들어했던 것이 이 같은 미래에 대한 야망이었을까? 어머니는 미래에 대한 두 사람의 열정적인 믿음을 좋아했을 수도, 싫어했을 수도 있다. 어쨌든 외할아버지와 아버지는 모두 단명했고, 두 사람의 죽음으로 어머니는 상실감을 느꼈지만, 그 상실감마저 어머니에게는 사랑의 일부였다.

아버지는 당연히 우리 자녀들과 어머니의 이름으로 상당한 생명보험을 들었고, 그 생명보험이 가족의 미래와 안전을 보장해 줄 것이라고 믿었다. 얼마 후 미국에는 대공황이 시작되었다. 1931년, 아버지는 그때까지 병명조차 들어 보지 못했던 백혈병에 걸려 병에 걸린 지 수주 만에 세상을 떠났다. 그때 아버지의 나이는 52세였다.

나는 어머니 인생에서 가장 주된 감정이 연민이었다고 생각한다. 어머니의 연민은 지역이나 나라를 가리지 않았다. 제2차 세계대전 당시, 하루는 중국의 유명한 도서관이 공습으로 파괴될 것을 두려워한 중국인들이 도서관에 있는 책을 안전한 곳으로 옮기기 위해 책을 양팔에 안고 등에 짊어진 채 험한 산길을 걸어갔다는 이야기가 라디오에서 나온 적이 있었다. 라디오를 듣던 어머니는 그 중국인들을 생각하며, 그들이 이고 지고 가는 책을 생각하며 눈물을 흘렸다. 어머니의 눈물은 공습 때문이 아니라, 그 공습을 벗어나고자 했던 그들의 용감함과 희망 때문이었다. 어머니 역시 한때는 그들처럼 용감하고 희망찼던 사람이었다. 어머니의 눈물은 소중한 책을 짊어지고 산길을 걸어가는 늙은 중국인 선비들을 위한 것이기도 했지만, 동시에 어머니 자신을 위한, 또 당시 미국 해군으로 오키나와 전투에 참전했던 막내아들을 위한 눈물이기도 했다.

추측건대 어머니는 다른 보통 사람들에 비해 더 많은 산전수전을 겪었던 것 같다. 나와 남동생들은 우리가 어머니의 마음의 상처를 보듬는 것이 불가능함을 깨달았다. (이는 과거에 아버지도 하지 못했던 일이었다.) 특히 우리 가족에게 일어난 안 좋은 일로 어머니가 상처를 입은 경우 위안은 불가능에 가까웠다.

어머니에게는 하나의 일을 다른 일과 연결 지어 생각하는 습관이 있었다. 그 누구도 어머니의 이런 습관을 말릴 수 없었다.

아버지가 백혈병으로 사경을 헤매고 있을 때, 어머니는 지푸라기라도 잡아 보려는 절박한 심정으로 수혈을 시도하기로 했다. 그 당시 사람들이 수혈하는 혈액의 호환성이나 수혈 치료 자체에 대해 얼마나 잘 알고 있었는지는 모르겠다.

한 가지 분명했던 것은 아버지에게 피를 기증할 사람이 누구인지 여부가 어머니에게 전혀 중요하지 않다는 사실이었다.

나는 아버지가 피를 수혈받던 그 자리에 있었다. (남동생들은 그때 학교에 있었다.) 어머니와 아버지는 각각 다른 침대 위에 나란히 누워 있었다. 어머니와 아버지의 팔에 튜브가 연결되었고, 어머니의 몸에서 아버지의 몸으로 피가 흘렀다.

그때 아버지는 혼수상태였던 것으로 기억한다. 침대에 누운 어머니는 그런 아버지를 바라보고 있었다. 어머니의 표정은 절박했다. 나는 어머니가 무슨 생각을 하는지 분명히 알 수 있었다. 과거에 어머니가 패혈증으로 투병했을 때 아버지가 어머니의 목숨을 살렸듯, 이번에는 어머니가 아버지의 목숨을 살릴 차례라고 생각하고 있었음이 분명했다. 어머니에게 샴페인을 먹여 어머니의 생명을 살렸던 것처럼, 어머니는 자기 자신의 피를 줌으로써 아버지를 살리려고 했던 것이다.

아버지의 얼굴이 탁한 붉은색으로 변하기 시작했다. 의사의 입술에서 안타까운 소리가 났다. 그 소리는 마치 뜨개질을 하다가 코를 빠뜨린 것을 알았을 때 내는 그런 소리였다. 아버지가 사망했다는 뜻이었다.

어머니는 이때의 충격에서 평생 벗어나지 못했다. 어머니는 아버지가 세상을 떠난 뒤 30년을 더 살았고, 이후에도 다른 사람들의 많은 죽음을 겪었지만 아버지의 죽음으로 언제나 스스로를 자책했다. 어머니는 아버지를 살리지 못한 것이 당신의 잘못이라고 생각했다.

자정에 가까운 시간, 뉴욕으로 가는 기차가 잭슨역을 출발하자 마중 나온 친구들이 마치 살면서 다시는 나를 못 만날 것처럼 손을 흔들었다. 기차선로 옆에 지어진 어두운 색깔의 오래된 목재 건물과 건물 위에 아크등을 받아 빛나는 "어디에서 영원의 시간을 보낼 것인가?"[3]라고 쓰인 표지판이 창문으로 보이는 잭슨의 마지막 풍경이었다. 그 표지판은 고향으로 돌아오는 새벽 기차를 타고 이곳에 도착했을 때 가장 먼저 보이는 모습이기도 했다.

기차가 속도를 내고 잭슨을 빠져나가면, 나는 의자에 등을 대고 누워 죄책감으로 무거워진 마음을 다잡았다.

대공황이 끝나갈 무렵, 나는 파트타임과 계약직으로 일하며 번 돈을 저축해 뉴욕에 갈 자금을 마련했다. 나는 미시시

3 찬송가의 한 구절.

피에 있으면서 그동안 내가 썼던 소설과 찍었던 사진들을 검토하고 출판해 줄—소설과 사진 중에 하나만 출판해 줘도 좋고 둘 다여도 좋고—편집자를 뉴욕에서 만나고 싶었다. 나는 뉴욕에 2주 동안 가 있기로 했다. (나는 그때 100달러로 2주를 버틸 수 있다는 것을 증명했다. 그것도 공연 표 값까지 포함해서 말이다.) 2주의 시간이면 누군가 내 글을 보고 결정을 내리기에 충분하리라 생각했다. 하지만 나는 아무런 결정도 듣지 못하고 돌아왔다. 나는 편집자의 책상 위에 내 원고 말고도 수많은 원고가 산더미처럼 쌓인다는 사실을 그때는 전혀 짐작하지 못했다. 아주 오랜 시간 뒤, 때로는 1년이 지난 다음에서야 편집자로부터 **고무적인** 반응이 들려오곤 했다. 하지만 나의 작품을 이해해 주고, 내게 희망을 주고, 내게 칭찬을 아끼지 않았던 편집자들도 마지막에는 출판이 어려울 것 같다며 결국 거절했다. 나는 이런 거절의 소식을 안고 뉴욕행 기차, 잭슨행 기차에 몸을 실었다. 거절의 소식은 나를 스쳐 지나가는 풍경의 일부분이었다.

내가 기차를 타고 잭슨으로부터 점점 멀어지고 있는 그 순간 어머니는 벌써 책상 앞에 앉아 내게 보낼 편지를 쓰곤 했다. 어머니는 편지에서 내가 무척 보고 싶지만, 내가 잘되는 일이라면 아무래도 상관없다고 말했다. 잭슨을 떠난 지 3일째 되는 날, 내가 뉴욕 펜실베이니아역에서 안전하게 잘 도착했다는 전보를 보낼 때까지 어머니는 집에서 한 발짝도 나가지 않고 내 소식을 기다렸다. 어머니는 내게 당신이 잘 지내는지, 집에는 별문제가 없는지 같은 것들로 신경 쓰지 말라고 했다. 내가 출판사 담당자를 만나고 오면, 어머니는 내 편지를 초조하게 기다렸다.

나는 아버지가 출장을 떠났을 때도 어머니가 분명 지금처럼 아버지를 기다렸겠구나 생각했다. 그러면 기차를 사랑하고, 여행을 사랑하는 아버지가 집을 떠나 있을 때 어떤 심정이었을지 미루어 짐작할 수 있었다. 아버지가 시카고 출장길에 사다 준 커다란 패니메이 초콜릿 상자가 생각났다. 가족들과 다 같이 봤으면 더 좋았을 것 같다고 했던 뮤지컬 「노, 노, 나네트」에 나오는 「나는 행복해지고 싶어요」 노래 악보도 생각났다. 가족을 두고 멀리 떠나는 일은 우리 모두에게 마음의 상처를 남겼다. 미지의 세계를 향한 도약을 정당화해야 했으므로 어떤 여행은 이기적이었고, 어떤 여행은 우리를 시험했으며, 또 어떤 여행은 중요하다는 것을 입증해야 했다. 그때 내가 경험했던, 그리고 지금도 경험하는 고통——사랑하는 사람을 떠나보내야 하는 고통—과 죄책감—떠나는 사람이 느끼는 죄책감—은 내 작품의 주요 모티브다. 그 가운데 가장 두드러지는 것은 내가 느꼈던 과거의 죄책감인데, 그것은 그냥 느낌상의 죄책감이 아닌 진짜 죄책감이었다. 내가 가족을 떠났던 것은 내 앞에 펼쳐진 미래와 은밀한 즐거움을 위해, 미지의 세계를 위해, 또 뉴욕에 있는 무언가를 위해서였기 때문이었다. 그때 나의 즐거움은 글쓰기였다. 그것만이 내가 알았던 전부였다.

뉴욕에 가려면 머리디언(머리디언은 잭슨에서 고작 145킬로미터 떨어진 곳이다)에서 몇 시간을 대기했다가 다른 기차로 갈아타야 했다. 역의 천장은 너무 높아서 천장에서 내려오는 불빛만으로는 책을 읽을 수가 없었다. 자정이 한참 지나면, 남쪽에서 방향을 튼 기차의 삐익 하는 경적 소리가 머나먼 어두움 속에서 들려왔다. 이 역으로 오는 뉴욕행 기차였다. 우유 배달통만 한 크기의 검은색 쇠 주전자를 들고 사람들에게 커피를 나눠 주던 흑인 여자가 잠든 사람들을 깨우기 시작했다. 그 여자는 이 역의 유일한 역무원이었다. 역무원은 기차가 정차할 역을 큰 소리로 외쳤다. 새벽 두 시, 주름장식이 달린 흰 모자와 빳빳하게 풀을 먹여 달인 흰 앞치마가 그녀의 모습을 더욱 위엄 있어 보이게 만들었다. 그녀는 아마도 지난 50년 동안 이 웅장한 기차역의 둥근 천장 아래서 지금처럼 기차의 정차역을 외쳤을 것이고, 그녀의 외침은 늘 지금처럼 천장을 타고 메아리쳤을 것이었다. 천둥소리를 연상시키는 기차의 엔진 소리, 기차가 가까울수록 높게 울리는 종소리, 가까운 곳에서 들리는 경보음, 기차의 도착을 알리는 플랫폼 종소리, 삐익 하는 스팀 소리를 배경으로 그녀가 기차의 정차역을 읊고 있었다. 그녀는 마치 교회에서 호명하는 것처럼 천천히, 깊은 곳에서 우러나온 목소리로 정차역의 명단을 하나하나 불렀다. "버밍햄 … 채터누가 … 브리스틀 … 린치버그 … 워싱턴 … 볼티모어 … 필라델피아 … 그리고 뉴욕입니다." 그녀는 곧 짐꾼이 되어 한 번에 옮길 수 있는 최대한 많은 여행 가방을 양팔 가득 안고, 어깨 위에도 가방을 양껏 짊어졌다. 이후 그녀는 플랫폼을 가로질러 우리를 객차로 안내하고, 역에 있던 사람들이 전부 기차에 탑승했는지 확인했다. 그녀는 이후 내 단편소설 「시위하는 사람들」에 등장하는 역무원의 실제 모델이자, 다른 여러 작품에도 영감이 되었다. 그녀는 내게 기차역의 천사와도 같은 존재였다. 나는 어린 시절 침대차를 타고 그 역에 도착했을 때 꿈나라를 헤매느라 그녀의 존재도 모르고 쿨쿨 잠들어 있었던 것이 몇 번이나 됐을까 하는 생각을 하곤 했다.

이처럼 뉴욕으로 가려면 2박 3일 동안 여러 번 환승 편을 기다려 다른 기차로 갈아타는 과정이 필요했다. 기차 요금은 편도 기준으로 17달러 50센트밖에 하지 않았고, 워싱턴에서 출발하는 기차를 타면 특별 할인요금으로 표를 끊을 수도 있었다. 기차는 테네시주의 너른 평야를 지나는 데 꼬박 하루가 걸렸다(그때는 테네시가 평화로운 시골이었을 때다). 나는 기차가 지나가는 마을의 배치 구조, 철물점의 상호, 정확한 시간을 알려 주는 시계탑의 위치 등을 익혔다. 오후가 되면 고지대 풀밭의 어느 곳에 그늘이 생기는지, 그 풀밭 위에 모여 있는 말들 가운데 어디에 망아지가 숨어 있는지도 익혔다. 어떤 농장 입구를 지나칠 때면 매 여름마다 작년에 봤던 똑같은 강아지들이 나타나 기차 옆을 따라와 달렸다. 늦은 밤 산악지대를 통과할 때는 아무것도 보이지 않았고 단지 우리가 지나가는 소리만 들렸다. 새벽녘에 기차가 역에 멈추는 소리에 잠에서 깨면, 나는 세상 근심 걱정 없어 보이는 한 통통한 소년이 역 길모퉁이에 있는 약국 보도 앞을 뛰어나와 기차를 보며 손을 흔들겠구나 직감하고 창문 밖을 내다보았다. 기차가 어디에선가 긴 커브 철길을 돌면 전에 봤던 그 남자와 여자가 사다리 위에 서서 전에 칠했던 온실 벽을 칠하고 또 칠하고 있는 모습이 보이리라는 것도 알았다.

하지만 기차가 이렇게 시간표에 맞춰 착착 운행했던 것은 이때가 거의 마지막이었다. 전쟁이 임박하자 기차는 콩나물시루처럼 사람들로 가득 차고, 관리 상태는 부실해지고, 운행 시간은 제멋대로에 고장마저 잦아졌다. 기차가 지나는 길은 예전과 똑같았지만 기차 밖으로 보이던 모든 것은 달라졌다. 어떤 날은 무슨 이유에서인지 기차가 가다 말고 허허벌판 한가운데 멈춰 설 때도 있었다. 그럴 때면 마치 바다 한가운데 멈춰선 배처럼, 기차는 아무 소리도 움직임도 없이 꼼짝하지 않았다. 만약 아버지와 기차 여행 중이었다면, 아버지는 객실 밖으로 나가 제동수나 기관사를 찾아가 무슨 일인지 물어보고, 그들만큼이나 걱정되는 표정으로 회중시계를 들여다보았을 것이다. 물론 기차가 선로 분기점에 가까우면 가다가 멈춰 설 수 있다는 것은 나도 알았다. 예전에는 한 선로 분기점에 "울테와"Ooltewaw라는 이름이 붙은, 헛간만 한 크기의 조그마한 기차역이 있었다. 나는 그 울테와가 혹시 "워털루"Waterloo를 거꾸로 쓴 것은 아닐까 궁금했었다. 하지만 지금 기차가 멈춰 선 곳은 딱히 선로 분기점도 아니었고, 무슨 일도 일어나지 않았다. 이곳을 지나가는 다른 기차는 없었다. 기차가 정지하면 목적지는 그저 잊혀진 꿈에 불과했다.

　한번은 기차가 또 가다 말고 허허벌판 한가운데 멈춰 섰던 적이 있었다. 기차가 멈춰 선 곳은 높고 가파른 계곡과 평화롭고 푸르른 테네시의 평야로 둘러싸여 있었다. 저 멀리에는 농가 몇 채가 보이고, 곡식이 자라고 있는 들판 너머로는 작은 오솔길이 있었다. 마침 해가 지고 있었다. 바로 그때, 내 바로 건너편에 앉아 있던 한 군인이 아무 말도 없이 자리에서 일어나더니 멈춰 서 있던 기차 밖으로 나갔다. 기차 안에서 어느 누구와도 말을 섞지 않았던 그 군인은 가방도 소지품도 없이 뚜벅뚜벅 걸어 나갔다. 그는 모자를 쓰면서도 걸음을 멈추지 않고 계속 걸어갔다. 기차 안에 타고 있던 우리는 기차선로에서 점점 멀어져 가는 그가 뒤도 한 번 돌아보지 않고 긴 그림자를 남기며 푸른 계곡을 향해 들어가는 모습을 지켜보았다. 기차는 곧 출발했고, 우리는 그를 그 풍경 속에 내버려 둔 채 떠나갔다. 나는 그가 우리에게서 멀어지는 것이 아니라 **우리**가 **그**로부터 멀어지고, 점점 작아지고, 곧 잊히는 것처럼 느껴졌다.

그러던 중 좋은 소식이 나를 찾아왔다. 소식을 들은 곳은 잭슨을 한 발도 벗어나지 않은 우리 집에서였다. 혼신의 노력을 다해 여러 편의 소설을 충분히 세상에 내놓고 나서야, 훗날 나의 에이전트가 되어 준 디어뮈드 러셀을 비롯해 나의 평생 친구가 된 많은 편집자들이 내게 찾아와 주었다. (신인 작가를 발굴하기 위해 잭슨을 방문했던 존 우드번 편집자는 그가 일하는 출판사에 편지를 보내 내 책을 검토해 보라고 설득했고, 이후 내게 이렇게 말했다. "작가님 어머니께서 구워 주신 와플을 맛본 그 순간 저는 모든 것이 다 잘될 것이라는 확신이 왔습니다.")

여행은 그 자체가 삶의 긴 연속성에 속한 일부분이다.

지난해 여름, 나는 아버지의 유품 가운데 지금껏 한 번도 보지 못했던 네거티브 필름을 발견했다. 그 필름은 지금까지 아버지가 가족들을 찍던 필름과 크기가 달랐다. 필름을 인화해 보니 사진 속에서 굉장히 낯선 장소들 ― 낯선 도시의 거리, 건물, 전차, 부둣가, 특이한 옷을 입은 아이들이 뛰어노는 공원 ― 이 보였다. 긴 치마를 입고 밀짚모자를 쓴 젊은 여성들이 배를 타고 있거나 산책하는 사진, 끝없이 펼쳐진 바다나 넓은 강을 배경으로 한 배와 깃발 사진도 있었다. 사진을 넘기다 보니 누가 봐도 분명한 나이아가라 폭포 사진이 보였다. 각각 낮과 밤에 조명을 받아 찍은 사진들이었다. 사진 속에는 꽁꽁 얼어붙은 폭포를 배경으로 코트를 입고, 모자를 쓰고, 흰색의 오페라 장갑을 낀 여자의 팔처럼 희고 길쭉한 고드름을 손에 쥐고 있는 남자가 있었다. 이 사진들의 정체는 한동안 알 수 없었으나, 어느 날 우연한 기회에 그 사진이 찍혔던 해인 1903년 8월의 기차 시간표와 페리선 운항 시간표, 콘서트 시간, 핼리팩스에서 출발하는 할인 요금표를 발견하면서 수수께끼가 풀렸다. 그것은 1903년 여름 사진 속 장소를 다녀온 아버지의 물건이었다. 아버지가 어머니와 결혼하기 한 해 전이었으므로, 아버지가 자유로운 총각 시절의 마지막을 만끽하고 있다고 생각할 법한 사진들이었다.

하지만 내가 사진을 통해 발견한 사실은 그것이 다가 아니었다. 전에 어머니로부터 들은 바에 의하면, 아버지는 어머니에게 신혼 보금자리를 마련할 곳으로 천 개의 섬[4]과 미시시피 잭슨 중 한 곳을 선택하라고 말했다고 했다. 두 곳 중에 잭슨을 직접 선택한 것이 어머니였으니, 나와 남동생들은

4 Thousand Islands, 캐나다와 미국 국경 부근에 천 개의 섬으로 이루어진 군도.

어머니 덕분에 잭슨에서 나고 자란 셈이었다. 그런데 아버지 성격에 천 개의 섬을 가보지도 않고 어머니에게 무모하게 그 냥 말했을 리가 없었다. 아버지는 당연히 천 개의 섬을 직접 둘러보고, 가는 길에 나이아가라 폭포를 구경하고, 온타리오 에서 핼리팩스까지는 기차나 배를 타고 이동하고, 그리고 어 머니에게 그곳을 보여 줄 수 있는 사진을 찍었음이 분명했 다. 바로 아버지가 다녀온 천 개의 섬이 사진 속의 장소였다. 어머니가 천 개의 섬 대신 잭슨을 선택했으므로, 내가 지금 이곳에 존재하는 것은 어머니의 선택이 만들어 낸 결과인 셈 이었고, 나는 지금 어머니가 택하지 않은 다른 선택지를 사 진으로 보고 있었다.

페리선 시간표와 여행 계획표, 천 개의 섬 기념품 책자 사 이에서 나는 아버지의 커다란 사진 한 장을 발견했다. 호리 호리한 체형에 밝은색 정장을 입은 사진 속의 아버지는 나 이아가라 폭포 급류 한가운데 서서 한 발을 바위 위에 올리 고 있었다. 아버지의 평소 표정인 인자한 얼굴이 그 사진 속 에도 똑같이 있었다. 나는 아버지가 일부러 이런 장난스러운 사진을 만들어 어머니에게 보여 준 것이 아닐까 싶었다. 사 진을 보자 어머니를 웃게 해주기 위한 아버지의 장난스러운 행동들이 기억났다. 아버지가 장난을 걸면 어머니는 어머니 나름대로 즐거워하고, 아버지도 어머니의 반응을 보며 예상치 못한 놀라움으로 즐거워했다. 나는 어머니가 나이아가라 급류 위에서 한 손에 모자를 들고 서 있는 아버지의 사진을 건네받은 순간 뭐라고 말했을지 짐작이 갔다. 어머니는 분명 "이 사진이 뭐가 재미있다는 건지 모르겠네요"라고 했을 것이다. 어머니에게 물 공포증이 있다는 것을 아버지는 알고 있었으니 말이다!

내가 소설을 쓰면서 발견한 것들은 단 한 번도 보편적인 사실이 아닌 모두 구체적인 사실에 대한 깨달음이었다. 이는 대개 지난 과거에 대한 깨달음이었기 때문에, 나는 이를 통해 내가 지금까지 제대로 된 길을 걸어왔는지 또는 잘못된 길을 걸어왔는지 뒤돌아보곤 했다. 과거에 어떤 소설을 쓰면서 발견하게 된 사실은 다른 소설을 쓸 때는 전혀 쓸모가 없었다. 물론 내가 원했던 것은 "쓸모"가 아니었다. 내게 중요한 것은 모든 소설을 쓸 때 내 앞에 자유 — 모든 것을 새로 시작할 수 있는 자유 — 가 펼쳐진다는 점이었다. 어쨌든 내가 과거를 돌아보면서 발견한 사실은 나도 모르는 사이에 내가 작품에서 일정 패턴을 반복하고 있다는 사실이었다. 어떤 소설을 쓰는 동안에는 오로지 그 소설만 존재하기 때문에 나는 이런 사실을 전혀 눈치채지 못했다. 나는 이처럼 자신의 소설에 깔려 있는 나만의 기저가 무엇인지 발견하는 것이 작가 스스로가 해야 할 숙제라고 생각한다.

나는 여러 편의 소설 —대개 이들은 연달아 집필된 작품이었다— 을 쓰고 나서야 한 소설에 등장하는 일부 등장인물이 그전에 썼던 다른 소설에 등장하는 똑같은 인물이라는 사실을 깨달았다. 단지 차이점이 있다면 과거에 다른 소설에 등장했던 인물과 이름이 다르다거나, 소설에서 그려지는 인생의 시기가 다르다거나, 그들이 속한 상황을 연결해 주는 접점이 명확히 보이지 않았던 것뿐이었다. 그들이 이야기에서 보여 주는 모습은 다양했지만, 그 다양한 인물들의 이야기는 아주 *끈끈한* 관계에 의해 서로 맞물려 있었다. (이 같은 사실 관계는 처음에는 깊게 숨겨져 있었다.) 그들의 정체와 그들 사이의 관계는 처음부터 겉으로 드러나거나, 나중에 기억나거나, 복선을 통해 나중에 밝혀졌다. 여러 소설에 걸쳐 등장하는 등장인물들의 삶은 그들의 심적인 동기나 행동, 어떤 경우에는 꿈을 매개로 연결되어 있었다. 그 연결 관계는 그곳에서 내가 언젠가 발견해 주기만을 기다리고 있었던 것이었다. 이 같은 연결고리가 한 지점에서 밝혀지자 이어 그 지점이 다른 모든 이야기들의 중추 역할을 했다는 사실이 눈에 보이기 시작했다. 모든 등장인물들의 행동은 튼튼한 한 가닥의 끈으로 이어져 있었다. 그들의 삶은 모두 어떤 꿈, 낭만적인 소망, 미래에 대한 헛된 기대, 인생의 의미에 대한 환상에 의해 움직이고 있었던 것이다.

내 이야기들의 또 다른 연결성이라면 그리스 신화에 등장하는 신과 영웅들이 내 이야기의 전반에 그림자를 드리우고 있다는 점이다. 찬란한 꿈을 안고 세상 곳곳을 방랑하는 내 소설 속 등장인물들은 다양한 시대를 아우르며 다양한 모습으로 변신한 채 세상을 방랑하는 그리스의 신과 영웅들을 상징했다.

이 여러 편의 소설들은 이후 『황금 사과』라는 단편집에 함께 실리게 되었는데, 이처럼 다수의 이야기를 집필하는 과정은 나로 하여금 그 이야기들 사이의 연결성을 발견할 수 있게끔 해주었다. 인생에서도 마찬가지지만 글쓰기에 있어서도 이야기 속에 숨어 있는 각종 관계들은 우리가 그것을 발견해 주기만을 기다리고 있기 때문에, 상황만 제대로 갖춰지면 우리의 상상력에 존재에 대한 신호를 보낸다.

내가 쓴 단편소설과 장편소설에 등장하는 인물들은 실제 인물을 모사한 것이 아니다. 나는 이야기를 구상함과 동시에 그 이야기에 등장할 인물을 창조한다. 물론 내가 직접 만났던 사람이나 기억 속에 남아 있는 사람들의 일부가 무의식적으로 덧입혀지기는 할 것이다. 가령 이 사람으로부터는 얼굴 생김새를, 저 사람으로부터는 걷는 모양새를 차용해 등장인물의 시각적인 이미지를 구축할 거라는 말이다. (소설가 엘리자베스 보웬은 "물리적인 디테일은 무에서 창조될 수 없다"고 말했다. 이미 존재하는 것에서 선택할 수 있을 뿐이라는 것이다.) 나는 실제 인물의 삶을 파고드는 식의 소설은 쓰지 않는데, 이는 타인의 사생활에 대한 나만의 엄격한 기준 때문이다. 뿐만 아니라, 나는 가까운 관계에 있는 실존 인물들—사랑의 감정에서 벗어나 그들을 파헤치기에는 내가 너무 속속들이 잘 알고 있거나 감정적인 애착이 깊은 사람들—이 가상의 등장인물을 창조하는 데 필요한 요건을 충족할 수 없음을 본능적으로 잘 알고 있다. 나의 경우 소설 속 등장인물은 내가 살면서 실제로 경험하고 사람들과 맺었던 새로운 관계, 그리고 그 관계의 변화에 대한 나의 다양한 감정과 반응을 원천으로 만들어진 대상이다. 간혹 이런 개인적인 경험이 반영되지 않은 등장인물이 우연히 만들어질 때도 있는데, 나는 그렇게 만들어진 등장인물은 작가와는 아무런 관련 없는 존재, 즉 몸뚱이부터 마음, 정신, 영혼까지 그 무엇도 작가와 연결되지 않은 존재라고 생각한다. 다시 말해 그 등장인물은 이야기 속에 독립적으로 존재하는 하나의 인간인 것이다.

나는 작가인 나의 시각을 대변하는 가상의 등장인물을 만들고자 하는 의도가 전혀 없었다. 등장인물이 소설에 등장하는 이유는 오로지 그 이야기 속에서 어떤 주어진 역할을 하기 위해서이며, 그 등장인물의 삶과 그가 바라보는 삶에 대한 태도는 그가 속한 소설 속 환경에 대한 반응일 뿐이다. 그럼에도 불구하고, 『황금 사과』를 출판한 지 한참이 지난 지금 그 책에 수록된 단편소설을 떠올려 보면 그 주인공들 중 한 명이 어딘가 묘하게 내가 아는 사람 같다는 인상을 지울 수 없다. 바로 모르가나의 학생들에게 피아노 수업을 하러 머나먼 독일에서 미국에 온 미스 에크하르트다. 모르가나 마을 사람들의 눈에 어딘가 억세고 괴짜스러운 존재로 비치는 그녀는 그곳 사회에서 거의 받아들여지지 못한다. 하지만 그녀는 작중에서 그 무엇에도 굴하지 않고 그녀만의 삶을 꿋꿋이 살아갔고, 그녀의 존재는 내 기억에 지금까지도 뚜렷하게 남았다.

이 미스 에크하르트는 누구를 원천으로 만들어진 인물이었을까? 내가 어렸을 때 실제 피아노 선생님이 그녀의 모델이었다고 생각할 만한 "근거"가 일부 있긴 하다. 그 선생님은 미스 에크하르트가 했던 것처럼 내가 피아노를 치다 실수를 하면 파리채로 손을 찰싹 때렸고, 악보에 "Practice(연습할 것)"라고 쓸 때도 알파벳 P에 고양이 얼굴과 긴 꼬리를 그려 넣었다. 또 선생님은 매년 6월 피아노를 잘 치는 학생들을 모아 독주회를 열었고, 아마 다른 연주회도 여러 차례 했던 것으로 기억한다. 하지만 소설 속의 미스 에크하르트는 그 선생님은 물론 내가 아는 그 누구와도 전혀 닮지 않은 등장인물이었다. 그녀는 나의 다른 소설에 등장하는 여타 선생님들과도 전혀 유사한 바가 없었다. 아닌 게 아니라, 내 단편소설과 장편소설에는 각종 선생님들이 등장인물로 수많이 등장했던 터였다.

단편소설 「6월의 독주회」가 가장 극적으로 제시하는 이미지는 미스 에크하르트의 내면의 삶이다. 나는 어렸을 때 내피아노 선생님이 내면적으로 어떤 사람이었는지 전혀 아는 바가 없다. 반면 미스 에크하르트가 어떤 사람인지는 속속들이 잘 아는데, 이는 그녀가 내 마음속에서 뚫고 나와 내 이야기에 등장한 존재이기 때문이다.

열정적인 성격에 어딘가 요상한 구석이 있는 미스 에크하르트를 오랫동안 들여다본 끝에 나는 이 여자가 나 자신에게서 나온 인물이라는 결론에 도달했다. 물론 그녀의 겉모습은 나와 전혀 닮은 점이 없었다. 나는 음악과 거리가 멀고, 선생님도 아니고, 독일인도 아니었다. 그녀처럼 유머감각이 결여되어 있다거나, 남들로부터 놀림받거나, 사랑받지 못하는 사람도 아니었다. 그녀처럼 주변 세상에 대한 이해가 부족한 것은 더더욱 아니었다. 하지만 이런 겉보기 특징은 전혀 중요하지 않았다. 중요한 것은 내면의 한가운데 무엇이 있느냐 하는 것이다. 그녀에게는 내가 이미 알고 있는 나의 모습, 내가 생각하는 나의 모습이 반영되어 있었다. 나는 내가 평생을 헌신한 나의 일과 예술에 대한 열정을 그녀에게 불어넣었음을 깨달았다. 위험을 두려워하지 않는 것도 미스 에크하르트와 나의 공통점이었다. 예술에 대한 사랑, 예술을 표현하는 행위에 대한 사랑, 내게 아무것도 남는 것이 없을 때까지 예술을 표현하고자 하는 열망은 나를 살아 움직이게 하고 나를 지배하는 힘이자 미스 에크하르트의 원동력이었다. 『황금 사과』에 실린 단편소설들 사이에 존재하는 연결고리 역시 세밀하게, 엄밀하게 보면 「6월의 독주회」 자체에 나타나는 연결고리와 크게 다르지 않았다.

이처럼 나는 미스 에크하르트라는 등장인물이 겉으로 보여지는 방식이 아닌, 그녀의 성격에서 나의 가장 깊숙한 내면과 감정을 드러내는 방식을 통해 소설 속에서 나만의 목소리를 찾았다.

물론 모든 작가들은 그들이 창조해 낸 등장인물에 어느 정도 조금씩 반영되어 있다. 그렇지 않고서야 작가가 어떻게 그 등장인물을 생각해 내고, 만들어 내고, 속속들이 묘사할 수 있을까? 나는 「6월의 독주회」에 등장하는 소심한 성격의 캐시와도 어느 정도 닮았고, 단편집에 있는 다른 소설 속 주인공들과도 일부 공통점이 있었다. 하지만 「6월의 독주회」의 여주인공 버지만은 예외였다. 그녀는 나와 접점이 하나도 없는 인물이었다. 버지 역시 미스 에크하르트만큼이나 고집 세고, 열정적이고, 자신의 감정 표현에 충실하지만, 그럼에도 나와는 전혀 달랐다. 소설에서 미스 에크하르트의 힘과 존재감이 사라짐과 동시에 어린 버지는 점점 폭주하고, 다른 사람들로부터 벗어나 독립적인 삶을 살기 위해 발버둥 친다.

만약 소설을 쓰던 중 어느 순간 그 소설이 갑자기 살아 움직이는 것 같은 느낌이 든다면, 한 발짝 뒤로 물러서서 소설을 가만히 둬보자. 아마도 그때 소설의 주제가 무엇인지 눈에 들어오기 시작할 것이다. 내가 『황금 사과』의 여주인공 버지를 다시 보게 된 것도 이런 과정을 통해서였다. 버지는 단편집의 마지막 이야기인 「방랑자들」에서 그녀가 원했던 삶을 성취한다. 열정적이고, 반항적이고, 그 어떤 실패나 상처, 굴욕, 사랑하는 이와의 사별에도 무너지지 않고 꿋꿋하게 버텼던 그녀는 (그러느라 자신의 재능을 헛되이 낭비하긴 했지만) 저 어딘가에 행복하고 신비로운 세상이 존재함을, 그리고 그녀 자신이 그 세상에 속해 있다는 것을 깨닫는다.

미스 에크하르트가 작가인 나를 원천으로 만들어진 인물이라면, 버지는 내가 늘 소설을 통해 표현하고자 했던 주제를 보여 주는 인물이라고 말할 수 있겠다.

나는 어느 정도 나이가 들고 나서야 부모님과 나 자신에 대해 예전에는 몰랐던 것, 미처 눈치채지 못했거나 아는 것이 두려워 선뜻 알려고 하지 않았던 것들을 이해하기 시작했다. 나는 이를 통해 우리 가족의 삶에 가로놓여 있던 시간적 장벽을, 구세대와 신세대 사이를 가로막았던 장벽, 똑같은 것을 경험하면서도 거리감을 느낄 수밖에 없었던 그 장벽을 벗어났고, 우리 가족의 삶을 새로운 시각에서 바라볼 수 있게 되었다.

이 같은 내면의 여정은 우리로 하여금 시간을 가로지를 수 있게 해준다. 이는 직선적인 이동이라기보다 대개 나선형으로 빙글빙글 돌며 과거로 갔다 현재로 돌아왔다를 반복하는 움직임이다. 우리는 타인들과 관계를 맺으며 움직이고 변화한다. 우리는 발견함으로써 기억하고, 기억함으로써 발견한다. 우리 개개인의 여정이 한 지점에서 만날 때, 우리는 이를 가장 극명하게 경험할 수 있다. 이때 우리가 경험하는 살아 있는 감정은 소설을 극적이게 만드는 감정들 가운데 하나다.

나는 이제 여러분에게 **합류**라는 근사한 표현을 이야기하려고 한다. 합류란 그 자체가 하나의 현실이자 상징이다. 내가 글을 쓸 때 유일한 중요하게 생각하는 상징이 바로 합류인데, 이는 합류가 인간 경험 속에 존재하는 패턴 — 가장 핵심적인 패턴 — 을 설명할 수 있기 때문이다.

이제 나의 장편소설 『낙천주의자의 딸』에 등장하는 마지막 장면을 소개한다.

그녀는 마치 급한 일로 기차를 타고 가는 승객처럼 의자에 앉아 잠이 들었다. 하지만 깊게 잠들었다.

그녀는 **실제로** 승객이 되어 필과 함께 기차를 타고 가는 꿈을 꿨다. 그녀의 꿈속에서 그들은 긴 다리 위를 지나고 있었다.

그녀는 잠에서 깨어 그 꿈이 실제로 일어났던 일이라는 것을 깨달았다. 그녀와 필은 장로교회에서 결혼하기 위해 시카고에서 마운트 세일러스까지 기차를 타고 이동했었다. 로렐은 마운트 세일러스와 시카고를 오갈 때면 늘 침대차를 타고 다녔다. 그녀와 필은 낮 기차를 타고 오던 중 그 침대차를 처음으로 보았다.

기차는 카이로를 떠나 다리를 향해 오르막길을 올라갔고, 헐벗은 나무들이 있는 산마루를 지날 때까지 서서히 높아졌다. 바로 그때 기차 아래쪽을 내려다본 그녀는 희미한 빛이 점점 넓어지면서 강바닥이 모습을 드러내고 낮게 뜬 태양이 강물에 반사된 모습을 보았다. 그곳에는 두 개의 강이 있었다. 바로 이곳은 두 개의 강이 만나는 지점이었다. 오하이오강과 미시시피강이 합류하는 곳이 여기였던 것이다.

그들은 아주 높은 곳에서 아래를 내려다보고 있었다. 그들은 헐

벗은 나무들이 지평선으로부터 전진해 오고, 강들이 하나로 합류하는 모습을 보았다. 그가 그녀의 팔에 손을 대자 그녀는 그와 함께 위를 올려다보았다. 새들이 수정처럼 맑은 하늘 속에서 길고, 들쭉날쭉하고, 마치 연필로 그린 듯 희미한 V자형을 따라 날아가고 있었다. 그들의 눈앞에는 오로지 하늘, 강, 새, 빛, 강이 합류하는 모습이 전부였다. 그것은 완전한 아침의 세계였다.

그녀와 그 역시 그런 합류의 일부분이었다. 그들이 공유하는 하나의 믿음이 바로 그 순간, 그들을 이곳으로 데려와 이 모든 것과 함께하며 전진하고 있었다. 그들이 향하고 있는 방향 자체가 아름답고 중요했다. 그녀와 그는 하나가 되어 그 방향으로 나아가고 있었다. '이제 우리 차례야.' 그녀는 기뻐서 어쩔 줄 모르며 생각했다. '우리는 영원히 살 거야.'

오래전 물과 불이 가져온 죽음 때문에 시체도 무덤도 없이 세상을 떠났지만, 필은 여전히 그녀에게 그녀의 삶에 대해 말해 줄 수 있었다. 그녀는 그녀의 삶이, 아니 모든 삶이, 그 사랑의 연장선상에 있다고 믿어야 했다.

그녀는 강이 카이로에서 합류하는 것을 믿듯 이러한 사실을 믿었다. 그녀가 오늘 비행기를 타고 돌아갈 때도 그것은 언제나처럼 그곳에 있을 것이다. 다만 이번에는 그녀가 수천 피트 상공에 있어 볼 수 없겠지만 말이다.

물론 이 모든 것들 가운데 가장 위대한 합류는 인간의 기억 ─개개인에게 존재하는 인간의 기억─이 만들어 내는 합류다. 내게 있어서는 내 삶에 있었던 일에 대한 기억과 작가로서의 기억이 만들어 내는 합류일 것이다. 위 소설 대목에서는 시간도 합류의 대상이다. 기억이란 살아 있는 것이기 때문에 시간이 지나면 기억도 함께 변화한다. 하지만 기억이 존재하는 한 모든 기억은 한곳에 합류함으로써 ─늙은이와 젊은이, 과거와 현재, 죽은 이와 살아있는 이가 한곳으로 수렴함으로써─ 생명력을 얻는다.

여러분이 지금까지 본 것처럼 나는 철저하게 보호된 삶을 살았다. 이런 보호된 삶은 위험한 삶일 수도 있다. 모든 대담한 도전은 내면에서 시작되기 때문이다.

참고문헌

유도라 웰티 저작

유도라 웰티, 「바람」(Eudora Welty, "The Winds", *The Wide Net and Other Stories*, Harcourt, Brace and Co., 1943)

____, 「내가 우체국에 사는 이유」("Why I Live at the P.O.", *A Curtain of Green*, Doubleday, 1941)

____, 「이 목소리는 어디서 들려오는가?」("Where Is The Voice Coming from", *The Collected Stories of Eudora Welty*, Harcourt, 1980)

____, 『황금 사과』(*The Golden Apples*, Harcourt, Brace, 1949)

____, 「리비」("Livvie", *The Wide Net and Other Stories*, Harcourt, Brace and Co., 1943)

____, 「방랑하는 세일즈맨의 죽음」("Death of a Traveling Salesman", *A Curtain of Green*, Doubleday, 1941)

____, 「공원의 곡예사」("Acrobats in a Park", *Occasions: Selected Writings*, University Press of Mississippi, 2009)

____, 「스페인에서 온 음악」("Music from Spain", *The Golden Apples*, Harcourt,

* 유도라 웰티가 어린 시절 읽은 책들과, 본문에서 언급한 저작들을 정리했습니다.

Brace, 1949)

____, 「기억」("A Memory", *A Curtain of Green*, Doubleday, 1941)

____, 「정지된 순간」("Still Moment", *The Wide Net and Other Stories*, Harcourt, Brace and Co., 1943)

____, 「시위하는 사람들」("The Demonstrators", *The Collected Stories of Eudora Welty*, Harcourt, 1980)

____, 「6월의 독주회」("June Recital", *The Golden Apples*, Harcourt, Brace, 1949)

____, 「방랑자들」("The Wanderers", *The Golden Apples*, Harcourt, Brace, 1949)

____, 『낙천주의자의 딸』*The Optimist's Daughter*, 왕은철 옮김, 토파즈, 2008

국내 번역서

샬럿 브론테, 『제인 에어』, 조애리 옮김, 을유문화사, 2013

윌리엄 윌키 콜린스, 『흰 옷을 입은 여인』, 이주현 옮김, 현대문화센터, 2014

윌리엄 헨리 허드슨, 『녹색의 장원』, 김상훈 옮김, 대일출판사, 2001

헨리 라이거 해거드, 『솔로몬 왕의 보물』, 최홍 옮김, 영언문화사, 2003

토마스 만, 『요셉과 그 형제들』, 장지연 옮김, 살림, 2001

존 버니언, 『천로역정』, 최종훈 옮김, 포이에마, 2011

조너선 스위프트, 『걸리버 여행기』, 박용수 옮김, 문예출판사, 2008

에드워드 리어, 「점블리 사람들」, 『점블리 사람들』, 정청호 외 옮김, 생각의 나무, 2007

____, 『네 아이들의 세계일주』, 박소윤 옮김, 마루벌, 2005

『천일야화』, 임호경 옮김, 열린책들, 2010

존 러스킨, 『황금강의 왕』, 최지현 옮김, 마루벌, 2008

쥘 베른, 『해저 2만리』, 김주경 옮김, 시공주니어, 2012

찰스 다윈, 『종의 기원』, 송철용 옮김, 동서문화동판, 2013

윌리엄 포크너, 『성역』, 이진준 옮김, 민음사, 2007

루이스 캐럴, 『이상한 나라의 앨리스』, 손영미 옮김, 시공주니어, 2001

마크 트웨인, 『톰 소여의 모험』, 강미경 옮김, 문학동네, 2010

너새니얼 호손, 「나의 친척, 몰리네 소령」, 『너새니얼 호손 단편선』, 전승걸 옮김, 민음사, 1998

존 밀턴, 『실낙원』, 조신권 옮김, 문학동네, 2010

볼테르, 『캉디드, 혹은 낙관주의』, 이봉지 옮김, 열린책들, 2009

제프리 초서, 『캔터베리 이야기』, 송병선 옮김, 서해문집, 2007

베르길리우스, 『아이네이스』, 김남우 옮김, 열린책들, 2013

윌리엄 버틀러 예이츠, 「비잔티움으로의 항해」; 「방황하는 엥거스의 노래」, 『예이츠 시선』, 허현숙 옮김, 지만지, 2011

국내 미번역 해외저작

조지 듀 모리에, 『트릴비』 (George du Maurier, *Trilby*, Osgood, Mcllvaine, 1894)

마리 코렐리, 『아르다스』 (Marie Corelli, *Ardath*, Richard Bentley & Son, 1889)

오거스타 제인 에반스, 『세인트 엘모』 (Augusta Jane Evans, *St. Elmo*, Seven Stars, 1866)

토마스 데이, 『샌포드와 머튼』 (Thomas Day, *The History of Sandford and Merton*, Nabu Press, 2010)

메리 고돌핀, 『쉽게 풀어쓴 샌포드와 머튼 이야기』 (Mary Godolphin, *Sanford and Merton In Words of One Syllable*, A.L. Burt Company, 1895)

지오 L. 슈만 사, 『놀라운 세상 이야기』 (Geo L. Shuman & Co., *Our Wonder World; A Library of Knowledge*, Geo L. Shuman & Co., 1914)

버나드 미핸, 『켈스의 서』 (Bernard Meehan, *The Book of Kells*, Thames & Hudson, 2012)

로버트 루이 스티븐슨, 「침대보의 나라」 (Robert Louis Stevenson, "The Land of Counterpane", *A Child's Garden of Verses*, Dover Publications, 1992)

로라 리 호프, 『바니 브라운과 수의 모험』 (Laura Lee Hope, *Bunny Brown and His Sister Sue at Camp Rest-A-While*, Grosset and Dunlap, 1916)

메리 로버츠 라인하트, 『10번 침대차의 남자』 (Mary Roberts Rinehart, *The Man In Lower Ten*, Farrar & Rinehart, 1909)

윌리엄 알렉산더 퍼시, 『어느 4월에』 (William Alexander Percy, *In April Once*, Yale

University Press, 1920)

____, 「고향」("Home", *In April Once*, Yale University Press, 1920)

앨런 시거, 「나는 죽음과 만남을 약속했다」(Alan Seeger, "I Have a Rendezvous with Death", *Poems*, Scribner's Sons, 1916)

글쓰기에 대한 더 많은 이야기, 엑스플렉스x엑스북스 블로그에서 확인해 보세요.

blog.naver.com/xplex

작가의 시작

지은이 유도라 웰티 | 옮긴이 신지현 | 발행인 유재건 | 편집인 임유진 | 펴낸곳 엑스북스
등록번호 105-91-96264호 | 주소 서울시 마포구 와우산로 180 (4층 402호)
대표전화 02-334-1412 | 팩스 02-334-1413
초판 1쇄 발행 2019년 1월 2일

엑스북스(xbooks)는 (주)그린비출판사의 책읽기·글쓰기 전문 임프린트입니다. 이 도서의
국립중앙도서관 출판예정도서목록(CIP)은 서지정보유통지원시스템 홈페이지(http://seoji.
nl.go.kr)와 국가자료공동목록시스템(http://www.nl.go.kr/kolisnet)에서 이용하실 수 있습니
다. (CIP제어번호: CIP2018041826)
ISBN 979-11-86846-43-8 03800